FÜR ALLE STARKEN FRAUEN,
SO WIE DICH!

IZELA

Mein Chaos. Mein Leben. Meine Ordnung.

mindfulbooks

Verstehe deine Vergangenheit,
ordne deine Gegenwart,
gestalte deine Zukunft.

Ryder Carroll

Vorwort

Als ich dieses Buch plante, wollte ich mit einer Situation anfangen, die vor drei Jahren stattgefunden hat. Doch ich muss an anderer Stelle beginnen. Denn wie heißt es so schön: Leben ist das, was passiert, während du Pläne machst.

Nun fängt meine Erzählung näher an der Gegenwart an, im Januar 2024.

Während dieses Buch Seite für Seite entsteht, während ich in Erinnerungen, in schönen, aber auch in schmerzlichen, reise, befinde ich mich in einer für mich sehr herausfordernden Lebenssituation. Nämlich in Trennung.

Ihr könnt euch sicher vorstellen, wie erdrückend diese Situation für mich ist und wie schwer es mir fällt, darüber zu erzählen. Ich habe lange nachgedacht, ob dies der richtige Weg ist. Der Weg, mich mitzuteilen. Ich habe mich entschieden, es zu tun, und bin mir mit jedem Tag und jedem Gedanken sicherer, dass ich auf diese Weise den richtigen Weg gefunden habe. Auch dafür, darüber zu reden.

In mir herrschen aktuell so viele Gefühle, dass ich nachts häufig wachliege. Ich beginne die Tage oftmals zu den verrücktesten Uhrzeiten, wenn die Gedanken kreisen, wenn mein Kopf sich mit diesen Gedanken und Gedanken und Gedanken anfühlt, als würde er brennen. Und am Abend bin ich dann so müde von all diesem Chaos in meinem Kopf und in meinem Herzen, dass ich mit den Kindern früh ins Bett gehe. So komme ich etwas zur Ruhe.

Jeden Tag sind so viele Fragen in mir, die ich klären und für mich beantworten muss. Jeden Tag sind Entscheidungen zu treffen, die nun für mich und auch für die Kinder alles verändern.

Es sind nicht nur diese Gefühle, die Enttäuschungen, die Ängste, die verblassten Hoffnungen, die mir Sorge machen. Ich mache mir auch Gedanken über den zukünftigen Alltag mit meinen vier Kindern, denn dieser muss funktionieren. Gleichzeitig fühle ich eine Verpflichtung den vielen Menschen gegenüber, die meine Inhalte bei Instagram lesen und die mich auch als ihr Vorbild ansehen. Ich möchte sie nicht enttäuschen. Auch wenn ich weiß, dass ich niemandem Rechenschaft schuldig bin. Mein Alltag als Mutter, als Organisatorin dieser Familie, als berufstätige Frau ist oft sehr herausfordernd. Und jetzt kommt also dieses „Stück Leben" dazu, von dem ich lange gehofft habe, es nicht erleben zu müssen.

Ich habe mich entschieden, diesen Weg, meinen neuen Weg, mit euch zu teilen, denn es ist ein Buch über das Leben. Es geht um MEIN Leben. Und es gibt KEIN Leben nach Masterplan. Über Monate hinweg wussten nur die engsten Vertrauten über diesen neuen Lebensabschnitt Bescheid.

Das, was ich mir irgendwann mal vorgestellt hatte, wie sich die nächsten Jahre entwickeln würden, gerät immer weiter in den Hintergrund. Auch wenn ich in Ungewissheit über das bin, was kommt, und mich hier und da die Angst packt, so bin ICH es, die diese Trennung möchte.

Trennung: ein so großes Wort. Es kann eine Chance sein, aber erst mal ist es ein großer Einschnitt, der alles verändert. Doch ich muss diesen Schritt gehen. Denn ich kann meine anhaltenden Zweifel, meine innere Stimme, die warnenden gesundheitlichen Signale meines Körpers und all das, was sie ausgelöst hat, nicht mehr ignorieren.

Die letzten drei Jahre haben viel in mir verändert. Eine Trennung passiert nicht von heute auf morgen. Es ist nicht wie ein tragischer Unfall, der alle Beteiligten von einer Sekunde auf die andere in eine schwierige Lebenssituation versetzt. Eine Trennung ist ein Prozess, mit Höhen und Tiefen. Auch mit guten Momenten. Wenn du dich allerdings immer am selben Punkt wiederfindest, bist du wie in einem Hamsterrad. Du läufst auf der Stelle.

Viele von euch, die diese Zeilen lesen, werden diese Gedanken kennen:

„Was, wenn wir nur noch etwas mehr daran arbeiten?"
„Was, wenn ich zu viel erwarte?"
„Wie wird es den Kindern damit gehen?"
„Wir haben doch so viel zusammen aufgebaut."
„Ich zerstöre alles, wenn ich mich trenne."
„Kann ich noch etwas länger aushalten?"

Und obwohl wir uns oft sicher sind, nicht auf dem richtigen Weg zu sein, trauen wir uns nicht, auf unser Gefühl zu hören. Denn eine Trennung verändert alles. Und Veränderung macht Menschen Angst.

Diese Angst geht sogar so weit, dass wir es vorziehen, ein tägliches persönliches oder emotionales Leid in kleinen Portionen über viele Jahre hin zu ertragen, auszuhalten und nicht selten sogar die Schuld in uns selbst zu suchen. Am Ende lernt man, damit zu leben. Man arrangiert sich damit. Und erklärt sich das eigene Verhalten mit:

„Es wird schon werden."
„Ich muss nur noch etwas durchhalten."
„Vielleicht wird es leichter, wenn die Kinder etwas größer sind."
„Vielleicht muss ich einfach noch mehr tun … "
„Morgen ist auch noch ein Tag."

Nein! Im Gegenteil. All das ist Festhalten an einem möglichen Potenzial. An einer Hoffnung in meiner Beziehung auf etwas Besseres. Eine Projektion meiner Gegenwart auf eine bessere Zukunft … Es ist Festhalten an dem, was man sich selbst wünscht, was aber nicht da ist.

Versteht mich bitte nicht falsch: Niemals sollte man etwas leichtfertig hinschmeißen. Die Kunst ist, den Punkt zu erkennen, an dem es besser ist, mutige Schritte zu gehen. Und ganz wichtig: Am Ende zählt die Bereitschaft von beiden Menschen in dieser Verbindung, dafür zu kämpfen und nicht nur das eigene, sondern auch das Glück des anderen zu wollen. Du wirst zu keinem besseren Menschen, wenn du durchhältst und immer mehr machst als der andere. Das ist nicht der Sinn einer zwischenmenschlichen Beziehung.

Und doch verstehe ich jeden, der es erst mal so tun muss. Der gerade nicht anders kann. Ich habe solch eine Phase selbst über drei Jahre genauso gewählt. Ich hatte für mich entschieden, zu bleiben und dieses Leben zu leben. Obwohl ich genau gefühlt habe: Hier bleibe ich wohl nicht für immer.

Manchmal musst du das Leben loslassen, das du geplant hast, um das Leben zu leben, das du verdient hast.

Als ich vor ungefähr drei Jahren das erste Mal spürte, dass etwas in die falsche Richtung geht, fühlte ich mich nicht stark genug. Allerdings musste ich mich erst mal noch schwächer in diesen Umständen fühlen. Ich musste den Boden des Abgrunds einmal so richtig berühren, um zu verstehen, dass hieraus meine größte Kraft entstehen würde.

Manchmal musst du das Leben loslassen, das du geplant hast, um das Leben zu leben, das du verdient hast.

Nun schreibe ich dieses Buch an einem Zeitpunkt in meinem Leben, der für mich sehr herausfordernd, neu und auch mit vielen Selbstzweifeln verbunden ist. Es ist eine Situation in meinem Leben, die sich wie ein Déjà-vu anfühlt. Alles das hatte ich schon mal. Vielleicht ist sogar dieses Gefühl der Wiederholung das Gefühl, was mich am längsten von diesem Schritt abgehalten hat?!

Komplizierte Lebenssituationen ziehe ich quasi an. Ohne in Selbstmitleid zu versinken, kann ich sagen, es gab in meinem Leben einige schwere Zeiten. Aber etwas habe ich gelernt, mein ganzes Leben lang: Aus jeder Situation kannst du etwas mitnehmen. Lerne von dir selbst, lerne über dich selbst, betrachte nicht nur die äußeren Umstände und keinesfalls nur deine Mitmenschen.

Etwas sehr Wichtiges, das ich in meiner jetzigen Phase gelernt habe, ist, dass wir Muster in uns tragen und sich diese ständig wiederholen. Wenn wir sie nicht ergründen, verstehen, vielleicht sogar ein Stück annehmen, uns und anderen verzeihen – können wir sie nicht ändern. Daher möchte ich dich in meine Vergangenheit mitnehmen. Ich möchte dir meine Geschichte erzählen. Ich möchte dir erzählen, dass das Leben sehr schwer sein kann und du trotzdem – und gerade deswegen – ein glückliches und erfülltes Leben führen kannst!

Ich habe durch all die Ereignisse und Hürden, mit denen du in diesem Buch Bekanntschaft machen wirst, Strategien für mich entwickelt, die mich jede Krise haben überstehen lassen. Es ist nicht nur die Ordnung. Es ist nicht nur die Reflexion. Es ist nicht nur der Mut. Es ist noch viel mehr, was ich erkannt habe. So wird es auch dieses Mal sein. Und ich möchte all das mit dir teilen!

Kassel, im Winter 2020
So fühlen sich Trümmer an

Ich schaue aus dem Fenster unseres halbfertigen Hauses. Vor wenigen Tagen sind wir hier eingezogen. Draußen fällt Schnee. Es sieht so friedlich aus. Doch ich stehe auf Trümmern.

Vor einigen Wochen habe ich eine Erfahrung in meiner Partnerschaft machen müssen, die mir förmlich den Boden unter den Füßen weggezogen hat. Diese Erfahrung war nicht die erste dieser Art. Doch dieses Mal ist etwas anders. Zu diesem Zeitpunkt kann ich aber noch nicht ganz verstehen, was da in mir vorgeht.

Wir verstehen unser Leben in den meisten Fällen tatsächlich rückwärts, also erst im Nachhinein. Was ich zu diesem Zeitpunkt fühle: Ich bin leer und irgendwie am Ende.

Es ist mal wieder Lockdown in der Corona-Pandemie. Wir sitzen quasi fest. Der Einzelhandel darf nicht vollständig öffnen. Mein Ladengeschäft ist mit diesen Maßnahmen am Ende. Meine berufliche und finanzielle Grundlage bricht förmlich vor mir zusammen. All die Jahre des Aufbaus, all die Entbehrungen, all die tollen Erfolge – in einer Pandemie zunichte gemacht. Zudem hinterfrage ich die letzten Jahre meines Lebens. Ich hinterfrage die Liebe.

Und all das erlebe ich, während ich in der Küche meines Traumhauses stehe. In meinem Zuhause. Freud und Leid liegen so oft so nah beieinander. Ich war so voller Zuversicht – und jetzt scheint alles zu zerbrechen.

Der Wind wirbelt kleine Schneeflocken ans Fenster. Ich starre leer auf die Kristalle, die kurz auf dem Glas erscheinen. „Izela, es hat doch immer einen Weg gegeben. Du weißt doch, wie es geht“, schießt es mir durch den Kopf.

Und das stimmt. Ich weiß, dass es immer einen Weg gibt. Dass es immer weitergeht. Ich lebe im Land so vieler Möglichkeiten. Das war und ist mir immer bewusst gewesen. Und der Weg genau hierher hat seinen Sinn. Ich verstehe ihn nur noch nicht.

Das Leben wird sich
nie fertig und geregelt
anfühlen. Es gibt aber
diese Momente der
Achtsamkeit, in denen
du sagen kannst:

„So ist es gut."

Bosnien-Herzegowina
Wo komme ich eigentlich her?

Ich wurde 1984 in Doboj, Bosnien Herzegowina, geboren. Zu der Zeit nannte sich das Land noch Jugoslawien. Gelebt haben wir in einem ganz, ganz kleinen Ort namens Jakes. Man konnte in ein paar Minuten zu Fuß von der einen Ecke des Orts bis zur anderen laufen.

Von meiner Kindheit habe ich sowohl gute als auch unschöne Erinnerungen. Ich bin aufgewachsen auf einem großen Hof. Wir hatten einige Hektar Land mit Obstbäumen und Weiden. Der Hof gehörte meinen Großeltern väterlicherseits und meine Familie wohnte direkt nebenan. Es gab Hühner, Kühe, Hunde, Katzen und einen eigenen Brunnen auf dem Grundstück. Es war ein schöner Ort für ein Kind, um aufzuwachsen.

Das Haus meiner Eltern war noch in der Bauphase, während ich heranwuchs. Die Kinderzimmer sollten im Obergeschoss entstehen und waren lange Zeit noch nicht fertig. Ich erinnere mich daran, wie gerne ich hinaufging und vor mich hinträumte, wie mein Zimmer dort einmal aussehen würde. Schon damals mit vier, fünf Jahren hatte ich viel Vorstellungskraft und malte mir im Kopf genau aus, wie ich mir den Raum wünschte … Es sollte keinesfalls so ein typisches Mädchenzimmer sein, denn Rosa mochte ich schon damals nicht. Hell und klar sollte es sein, auch schon als ich ein kleines Mädchen war.

Träume sind wundervoll, Träume entwickeln uns weiter. Aber ich erlebte leider als Kind auch sehr viel Streit. Vor allem in der Familie. Meine Mama war als Ehefrau an Papas Seite nicht wirklich willkommen. Sogar als kleines Mädchen konnte ich das spüren. Sie entsprach nicht den Vorstellungen der Eltern meines Papas.

Ich weiß nicht warum, aber ich fühlte mich immer eher mit der Familie meiner Mama verbunden. Da meine Eltern beide arbeiteten, ging ich daher für die

Betreuung lieber zu meiner Großtante, die Schwester meiner Mutter, während auf meinen Bruder die Mutter meines Vaters, also unsere Oma, aufpasste.

Zwischen meinen Eltern war immer eine Anspannung zu spüren und sie stritten viel. Für Kinder wird dies irgendwann zur Normalität. Kinder versuchen sogar, die Eltern zu entschuldigen. Kinder versuchen sogar eher, sich selbst die Schuld zu geben. Aus jetziger Sicht wird mir all dies noch viel klarer – und das ist gleichzeitig eine sehr wichtige Erkenntnis für meine Gegenwart. Es bestärkt mich darin, nicht die gleichen Muster zu wiederholen.

Ich nutzte als Kind jede Gelegenheit, um meiner Mama nah zu sein. Daher habe ich ihr oft in der Küche und beim Zubereiten des Essens oder beim Abwasch geholfen. Sie war sehr streng und dennoch weiß ich, sie hat ihr Bestes gegeben. Auch wenn ich jetzt selbst als Mutter meine Kinder ganz anders sehe, wahrnehme und begleite, als sie es damals bei mir und meinem Bruder getan hat. – Aber wer weiß?

Wer weiß, wie meine Kinder mich in 20 Jahren sehen? Wer weiß, welche Gedanken meine Mutter damals hatte, die sie nicht zugelassen hat?

Flucht in einer Nacht- und Nebelaktion

Als ich sechseinhalb Jahre alt war, änderte sich alles für mich. Es kam der Moment, der mein gesamtes Leben neu schrieb. In unserem Land brach der Bürgerkrieg aus. Die verschiedenen Ethnien Jugoslawiens begannen, sich zu bekämpfen.

In meinem Kinderkopf war von einem Tag auf den anderen alles anders. Es war beängstigend. Die Tage und Nächte waren plötzlich erfüllt von krachenden Explosionen und Sirenen. Immer wieder sahen wir brennende Häuser, Soldaten, Panzer.

Sehr schnell war klar, dass wir fliehen mussten. Mein Papa wurde als Soldat eingezogen und musste bleiben. Aber meine Mutter wollte mit mir und meinem älteren Bruder nach Deutschland gelangen. Dort lebten bereits seit Jahren meine Großeltern mütterlicherseits.

In einer Nacht- und Nebelaktion brachen wir mit nur den wichtigsten Dingen auf. Ich hatte überhaupt keine Ahnung, was da eigentlich passiert. Mir sind kaum konkrete Erinnerungen geblieben. Ich war glücklicherweise noch klein.

Es gibt allerdings einige Bilder, die sich in mein Gedächtnis gebrannt haben: Es ist Nacht und wir kommen zu einer Kirche. Sie ist für diese Stunde viel zu stark beleuchtet und es sind unzählige Leute dort. Als wir eintreten, sehen wir, dass sich die meisten auf dem Boden mit Decken hingelegt haben. Auch meine Mutter und wir Geschwister verbringen dort die Nacht. Es wird viel geflüstert und ich spüre die Angst meiner Mutter.

Dann erinnere ich mich eindrücklich an das Anstehen in langen Warteschlangen. Hilfsorganisationen aus Deutschland waren vor Ort. An langen Tischen stehen Helfer und verteilen an jeden in der Reihe Essen oder Hygieneprodukte.

Wir waren auch stundenlang mit dem Bus unterwegs. Die Fahrt schien ewig zu gehen. Wir wussten gar nicht, wohin der Weg genau führte. Es wurde viel auf Nebenstraßen gefahren und teilweise sogar das Licht des Buses vollständig ausgemacht. Wir hatten keine Wahl, wir mussten darauf vertrauen, dass wir sicher ankommen. Die Atmosphäre dieser Tage war gedrückt, ernst und von Angst erfüllt.

Dann erinnere ich mich noch an den Moment, in dem wir auf einem großen Parkplatz ankommen. Dort warten mein Opa und mein Onkel auf uns. Meine Mama weint, aber sie wirkt erleichtert und das beruhigt mich in diesem Moment sehr. Mein Opa hat uns Süßigkeiten mitgebracht, die wir mitten in der Nacht essen dürfen.

Diese Erinnerungen sind mir von der Flucht geblieben und ich bin sehr froh darüber, nicht mehr behalten zu haben. Es ist wohl Selbstschutz. Heute bleibt vor allem das Wissen, wie schnell man in eine Notsituation geraten kann. Und dass unser Zuhause, unsere Familie, unser Leben nichts Selbstverständliches sind.

Ankommen in Deutschland

Ich weiß noch genau, dass ich die erste Zeit in Deutschland immer gedacht habe: „Okay, morgen fahren wir sicher wieder nach Hause. Das ist jetzt nur eine kurze Zeit, in der wir Oma und Opa in Deutschland besuchen und danach geht es zurück." Ich habe mir gar nicht so viele Gedanken darum gemacht, dass es mein Zuhause gar nicht mehr geben könnte. Ich war einfach noch zu jung.

Sicherlich hatte ich mitbekommen, dass in meinem Heimatort Sirenen ertönt waren und es gebrannt hatte. Es gab diesen schrecklichen Lärm, von dem ich später erfuhr, dass es Einschläge von Granaten waren. Ich bekam mit, dass meine Eltern in den Telefonaten nervös und ängstlich waren und mehr stritten als sonst. Doch mit sechseinhalb wusste ich nicht wirklich, was das alles bedeutete. Ich konnte auch nicht ahnen, in welcher Lage mein Vater sich befand und wie lange er wegbleiben würde. All das war für mich nicht richtig greifbar.

Meine Großeltern mütterlicherseits waren bereits mit Anfang 20 als Gastarbeiter nach Deutschland gekommen. Zur Zeit des Kriegsausbruchs waren sie unsere Rettung. Sie wohnten in einer sehr kleinen Wohnung und wir kamen bei ihnen unter. Ansonsten hätte es nur die Alternative gegeben, in eine Flüchtlingsunterkunft zu gehen.

Auch meine Tante war mit ihrem Sohn aus Bosnien geflüchtet und wir schlugen dann alle bei meinen Großeltern auf. Viele Menschen, schwierige Umstände, jeder hatte sein Leid und alles fand statt auf engstem Raum.

Die Wohnung befand sich in einer schönen kleinen, von zahlreichen Familien bewohnten Siedlung. Geschätzt war die Wohnung ca. 60 Quadratmeter groß und dort lebten wir nun mit vier Erwachsenen und drei Kindern.

Die Nachbarn meiner Großeltern erfuhren natürlich schnell von unserer Ankunft und kümmerten sich wirklich rührend. Viele brachten uns Kleidung und Spielsachen. Als Kind fühlte ich mich willkommen und spürte: Hier bin ich sicher. Das war wirklich schön und wahrscheinlich auch sehr vergleichbar mit den heutigen Situationen vieler Flüchtlinge.

An dieser Stelle möchte ich gerne einladen, ein wenig über die allgemeine Frustration über die Flüchtlinge zu reflektieren.

Stell dir vor, du wärst in dieser Situation. Stell dir vor, dein Zuhause wäre in Trümmer gesprengt worden. Stell dir vor, du müsstest alles hinter dir lassen. Nicht nur materielle Dinge, sondern Menschen, Menschen, die du liebst. Deine Eltern, vielleicht sogar deine Kinder.

Sei dankbar dafür, dass du es nicht bist. Sei dankbar dafür, dass du auf der Seite bist, wo du Hilfspakete packen kannst und nicht darauf hoffen musst, dass welche bei dir ankommen, damit du und deine Kinder etwas zu essen bekommen.

Es ist die Lotterie des Lebens. Als Baby verdient es keiner von uns mehr oder weniger, ein sicheres Leben zu führen. Ich hatte das Glück, in ein sicheres Land flüchten zu können. Du hattest vielleicht das Glück, hier geboren zu sein. Und wieder jemand anderes konnte sich unkompliziert Deutschland als Wahlheimat aussuchen. Wir haben damit ein gutes Los in der Lotterie des Lebens gezogen.

Als Baby verdient es
keiner von uns mehr oder
weniger, ein sicheres
Leben zu führen. Es ist
die Lotterie des Lebens.
Ich hatte das Glück, in ein
sicheres Land flüchten
zu können.

JUGOSLAWIENKRIEG

In den 1990er-Jahren zerfiel Jugoslawien in einem blutigen Konflikt in die Staaten Bosnien-Herzegowina, Kroatien, Montenegro, Nordmazedonien, Serbien, Slowenien sowie Kosovo, dessen Status bis heute umstritten ist.

Auflösungstendenzen des Landes gab es bereits in den 1980er-Jahren. Oppositionelle Tendenzen zielten vor allem auf die Überwindung der diktatorischen Ordnung und des sozialistischen Systems, das unter dem jugoslawischen Staatspräsidenten Tito entstanden war. Hinzu kamen nationale Unabhängigkeitsbestrebungen. Der Zerfall der staatlichen Einheit führte zu vielen Konfliktherden, die von ethnischen Gruppen befeuert wurden. Es gab schwere Gewaltausbrüche mit hohen Opferzahlen, Vertreibungs- und Fluchtbewegungen, wie es sie seit dem Ende des zweiten Weltkriegs nicht mehr gegeben hatte.

Freie Wahlen führten 1990 zu Siegen nationaler Parteien, die die Auflösung des jugoslawischen Staates befürworteten. 1991 erklärten Slowenien und Kroatien ihre Unabhängigkeit. In Kroatien kam es zu einem vier Jahre währenden Krieg, der mehr als 10.000 Tote zur Folge hatte sowie zur Flucht und Vertreibung von über 300.000 Menschen führte – Kroaten, aber auch Serben.

Die Bevölkerung in Bosnien-Herzegowina hatte im März 1992 im Rahmen eines Referendums – das die Serb*innen im Land allerdings boykottierten – mehrheitlich für eine Unabhängigkeit votiert. Bosnische Serb*innen und ab 1993 schließlich auch bosnische Kroat*innen versuchten mit militärischen Mitteln, eine Vereinigung der mehrheitlich von ihnen bewohnten Gebiete mit Serbien bzw. Kroatien herbeizuführen.

Für unerwünscht erklärte Teile der Bevölkerung – hier vor allem bosnische Muslim*innen – wurden aus den serbisch bzw. kroatisch beherrschten Gebieten vertrieben. Dabei handelte es sich um eine militärisch-politische Strategie mit bewusst hohem Gewalteinsatz. Die Menschen, die als nicht zugehörig verstanden wurden, wurden verfolgt und entrechtet.

1992 war etwa die Hälfte der Bevölkerung Bosnien-Herzegowinas – rund 2,2 Millionen Menschen – in die Flucht getrieben. Die Vertreibungen liefen in der umfangreichen medialen, politischen und öffentlichen Diskussion in Europa unter der Bezeichnung der „ethnischen Säuberung".

Die meisten Schutzsuchenden aus dem Kontext der Kriege um Jugoslawien flohen innerhalb der Region. 1995 waren es nach Angaben des UN-Flüchtlingshochkommissariats (UNHCR) 3,7 Millionen. Dabei stieg mit dem Krieg um Bosnien-Herzegowina 1992–1995 die Zahl der Schutzsuchenden in West- und Mitteleuropa stark an.

Zum zweiten Mal Einschulung

Nachdem die ersten Formalitäten geklärt waren, konnten wir bald eine eigene Wohnung beziehen. Es dauerte circa ein halbes Jahr, bis wir Zuschüsse bekamen. Für meine Mutter war immer klar, dass solche Mittel nur als Überbrückung anzusehen sind. Sie wollte auf keinen Fall vom deutschen Staat abhängig werden.

Währenddessen wurden mein Bruder und ich eingeschult. Und so begann mein Leben mit sieben Jahren noch einmal von vorne. Ich kam in die Grundschule und sprach natürlich kein Wort Deutsch. In Bosnien war ich auch schon eingeschult worden. Ein aufregender Tag. Jedes Kind musste ein Gedicht vortragen. Meins handelte von einem Marienkäfer.

Im Vergleich dazu war mein zweiter erster Schultag noch viel aufregender. Ich erinnere mich genau, wie verloren und unsicher ich mich fühlte. Gleichzeitig hatte ich die Vorstellung, dass ich die Kinder um mich herum alle irgendwie verstand. Es war eher ein intuitives Verstehen. Als Kind passt man sich viel schneller an – Kinder verständigen sich irgendwie, mit Händen und Füßen.

Wir waren viele Kinder aus ähnlichen Situationen. Alle landeten wir in den regulären Klassen in Gruppen und bekamen zudem im Schulalltag Unterstützung durch zwei Lehrerinnen, die unsere Sprache sprachen. Das Gefühl, in der Situation nicht alleine zu sein, machte es mir dann doch leichter anzukommen, als meine Eltern befürchtet hatten. So kam ich einigermaßen gut ins Schulleben und habe mich schnell wohlgefühlt.

Nur eine unangenehme Situation aus der ersten Zeit ist mir im Gedächtnis geblieben: Ein Mädchen wollte irgendetwas von mir. Ich verstand sie nicht und sie verstand nicht, dass ich nicht wirklich ihre Sprache spreche. Daraus entstand sogar eine Auseinandersetzung auf dem Pausenhof und es war eines der ersten Male, in denen ich mich machtlos fühlte – es macht so viel mit dir, wenn du dich nicht verständlich machen kannst.

In meiner Erinnerung ist jenes Bild von dieser Situation prägend hängengeblieben: Ich stehe in der Mitte und alle um mich herum wollen etwas von mir. Ich kann mich nicht mitteilen. Doch ich wünschte mir so sehr, dass sie verstehen, was der Grund für mein seltsames Verhalten ist. Ich wirke wie ein Fremdkörper, der von allen angestarrt wird.

Heute gehe ich davon aus, dass in diesem Moment, aus dem lähmenden Gefühl der Ohnmacht, das starke Bedürfnis entstanden ist, mich mitteilen zu wollen. Mich richtig mitzuteilen, alles auf den Tisch zu bringen. Brücken zu bauen. Und nebenbei führte es natürlich auch dazu, dass ich ganz schnell Deutsch lernte.

Letztlich war die Schule für mich eine gute Erfahrung. Ich lernte gerne – zumindest für die meisten Fächer. Und ich baute mir Freundschaften auf, lernte Menschen kennen, die mich über viele Jahre begleiteten – teils sogar bis heute.

Zwischenzeitlich schaffte es dann auch mein Papa, nach Deutschland zu flüchten. Erst Jahre später erfuhr ich, dass er sogar Kriegsgefangener gewesen war und sich aus dieser Situation befreit hatte. Das war ein riesiger Schock! Ich konnte erst als Erwachsene erahnen, wie stark traumatisiert er gewesen sein musste.

Meine Eltern arbeiteten nun unglaublich viel. Sie gingen im Prinzip vor mir und meinem Bruder aus dem Haus und kamen heim, wenn für uns schon Schlafenszeit war.

Mein Bruder und ich lebten unter einer Glocke der Sicherheit und verdrängten das Unglück, das uns ereilt hatte. Bis dahin hatte ich nicht geahnt, dass es mein früheres Zuhause nicht mehr gab. Doch eines Tages brach mein Vater sein Schweigen und brachte uns die schreckliche Botschaft, dass es unser Dorf in seiner ursprünglichen Form nicht mehr gab. Und unser Haus war bis auf die Grundmauern abgebrannt. Meine Heimat gab es damit für mich nicht mehr.

Bin ich „richtig"?

Sehe ich es falsch? Sage ich etwas Falsches? Was denken die anderen über mich? All diese Fragen und Zweifel hatte ich auch und habe sie heute noch, wenn das Leben einen Gang zulegt oder gar zurückschaltet. Hier kann ich mich mittlerweile sehr gut selbst abholen und weiß, wie ich mir meinen Wert bewusst mache.

Dieses Zweifeln an mir selbst hat einen starken Ursprung in meiner Kindheit, denn ich war schon immer etwas anders, als man es sich in meiner Familie vorgestellt oder vielleicht sogar erwartet hat.

Vielleicht fragst auch du dich:

„Bin ich richtig so, wie ich bin?"
„Ist das, was ich fühle, richtig oder falsch?"

Ich kann dir sagen, du bist genau so richtig, wie du dich gut fühlst.
Du bist schließlich du. Das kann gar nicht falsch sein.
Ich musste das genauso lernen.

Mein Weg zu dieser Erkenntnis war nicht leicht. Es hat gedauert, bis ich merkte, dass es das Natürlichste der Welt ist, zu sich zu stehen und auf die innere Stimme zu hören. Es hat sich gelohnt.

Und dennoch ist dieses Gefühl des Zweifelns und die Erkenntnis der Selbstakzeptanz etwas, woran man stets arbeiten muss, was man sich immer wieder ins Bewusstsein rufen muss. Jede Krise im Leben kann an diesem Konstrukt rütteln.

Ich habe angefangen, meinem Bauchgefühl zu vertrauen, es ernst zu nehmen. Niemand anderes kann dir bessere Ratschläge geben als deine innere Stimme, dein Herz.

Erinnere dich mal kurz zurück. Wenn du in einer Situation warst, wo sich ein komisches Gefühl in der Bauchregion angesammelt hat, waren das nicht auch genau die Situationen, die rückblickend betrachtet Schwierigkeiten gebracht haben? Ich sagte ja bereits, verstehen können wir das Leben immer nur rückwärts, doch fühlen können wir es im Hier und Jetzt.

Ich gebe mir inzwischen selbst obere Priorität. Denn wer sich nicht um sich selbst kümmern kann, kann sich auch nicht um andere kümmern. Das bedeutet auch, öfter NEIN zu sagen. Auch wenn dein Gegenüber es nicht versteht. Aber es muss schließlich für beide Seiten passen. Ein NEIN zu jemand anderem ist häufig auch ein JA zu dir selbst.

Ich lasse mich nicht mehr auf Kompromisse ein, um den Frieden zu wahren. Wenn ich nicht mit vollem Herzen hinter einer Sache stehe, wenn es sich nicht gut anfühlt, dann lasse ich es los.

Und wenn es dich bei deiner Entscheidung unterstützen kann, dann frage dich gar nicht erst, was du loslassen willst, sondern was du in deinem Leben haben willst. Richte deinen Fokus auf die Dinge, die dich im Leben bereichern.

Wie ging es in Deutschland für uns weiter?

Mein Papa war nun endlich bei uns in Deutschland und die Familie war wieder zusammen. Einerseits freute ich mich. Andererseits wirkte er ganz anders. Es war, als hätte ich ihn viel länger nicht gesehen. Er war abgemagert und etwas lag über seinem ganzen Wesen. Ich konnte spüren, dass er etwas Schlimmes erlebt hatte.

Meine Eltern nahmen sich leider keine Zeit, all ihre Erlebnisse aufzuarbeiten. Das hat sie im späteren Leben extrem eingeholt. Natürlich kann ich es auch verstehen, denn sie waren quasi im Überlebensmodus. Das Leben in Deutschland musste aufgebaut werden, damit die Familie sicher war.

Mein Vater kümmerte sich sofort darum, eine Arbeit zu finden. Ich denke, es war ihm sogar recht, den Krieg und seine Erlebnisse verdrängen zu können. Verdrängen ist immer erst einmal der schnellere und einfachere Weg. Leider nicht die Lösung auf Dauer.

Insgesamt lebten wir uns immer besser ein. Für mich und meinen Bruder lief es wirklich gut. Wir waren jung und anpassungsfähig. Es gab eine Menge Kinder ähnlicher Herkunft, mit ähnlichen Erfahrungen, die wir täglich in der Schule trafen. Wir lebten in Kassel in einem Arbeiterviertel, in dem ein bunter Mix aus Menschen verschiedenster Kulturen herrschte – multikulti pur. Toleranz war hier ein Muss.

Meine Eltern hatten natürlich mehr zu kämpfen als wir Kinder. Für sie hieß es: hart arbeiten. Mit Kollegen, die sie nicht immer zu 100 Prozent verstanden. Sie hatten aber den Willen, sich zu integrieren. Sie nahmen die Herausforderungen an, ergriffen auch die Chancen, die sich ihnen boten.

Ob sie sich damals überhaupt Gedanken gemacht haben, dass irgendwann wieder alles wie ein Spielkartenhaus zusammenbrechen würde?!

Heute bin ich sicher, dass sie nicht damit gerechnet hatten, denn sie fühlten sich hier immer mehr zu Hause. Die alte Heimat gab es ja auch gar nicht mehr. Der Neuanfang musste gemacht werden, warum also nicht hier in Deutschland? Und dafür haben sie sehr hart gearbeitet, auch an sich und ihrer Einstellung. Damals habe ich sicherlich viel über Disziplin gelernt und wie wichtig es sein kann, anderes auszuschalten und auf ein Ziel hinzuarbeiten.

Was passiert, wenn ich Ordnung schaffe?

Wenn ich innerlich aufgewühlt bin und die Emotionen sich überschlagen, dann hilft mir Ordnung. Ordnung ist nicht nur auf Räume, Schränke oder Schubladen begrenzt. Ordnung ist viel mehr. Ich nenne diesen Teil „innere Ordnung". Beim Ordnen passiert auch innerlich etwas mit mir.

Was passiert, wenn ich Ordnung schaffe? Das kommt drauf an, wie ich es angehe. Es gibt zwei Varianten. Manchmal mache ich einfach nur Ordnung, weil ich gerade Bock darauf habe. Und dann mache ich gerne Ordnung, wenn ich gestresst bin.

Im Alltag empfinde ich Ordnung als beruhigend. Ich mag es, wenn der Raum übersichtlich und clean ist. Ich mag es, wenn alles direkt zu finden ist. Nach Dingen zu suchen finde ich nervig. Ich freue mich richtig, wenn es ordentlich ist.

Wenn ich gerade gestresst bin, sieht das Ordnen anders aus. Die Handgriffe sind hektischer. Doch erst bei der Tätigkeit entsteht die Bereitschaft, mich dem Thema anzunehmen. Ich werde im Kopf durch dieses Ordnen ruhiger.

Wenn ein scheinbar unüberwindlicher Haufen (im wahrsten Sinne des Wortes) von Dingen vor mir liegt, sage ich mir: Jedes einzelne Teil hat einen Platz. Gehe Stück für Stück vor. Handgriff für Handgriff. Irgendwann ist alles getan. Dies ist eine Parabel für schwierige Lebenssituationen.

Ich glaube, wenn ich in diesen Stressmomenten oder in Rage bin, dann kanalisiert sich diese explosive Energie. Das ist ein unterschwelliger Prozess. Und er tut gut.

Ich beginne dann langsam zu reflektieren. Durch das Tun mit den Händen kann ich viel besser über die Situation nachdenken. Oft sage ich mir dann: „Izela, ist das wirklich in einer Woche noch ein Problem? Ist das wirklich in einem Jahr noch ein Problem? Lohnt es sich wirklich, sich so aufzuregen?"

In diesen Momenten entsteht ein befreiendes Gefühl. Und dadurch finde ich viel leichter Lösungen für die Probleme.

Ordnen, meine geheime Superpower.

Für mich musste es ordentlich sein

Da meine Eltern so viel arbeiteten, mussten ich und mein Bruder schon sehr früh sehr selbstständig werden. Meine Großeltern waren selbst aktiv im Berufsleben und meine Eltern sahen wir morgens meist gar nicht und abends nur sehr spät. Papa arbeitete in einer Bäckerei und Mama in der dazugehörigen Konditorei. Wir waren als Geschwister also früh auf uns gestellt. Wir hatten niemanden, der uns direkt helfen konnte, wenn es ein Problem gab. Oft mussten wir selber Lösungen finden. Natürlich hat mich das für mein erwachsenes Leben geprägt ...

Da unsere Eltern den Großteil des Tages fort waren, kümmerten wir uns in der Woche auch um einen großen Teil des Haushalts. Samstags ging ich dann noch mit Mama einkaufen. Ich weiß, dass ich schon zu Grundschulzeiten morgens alleine aufgestanden bin und mich fertigmachte. Meine Kleidung hatte ich am Vorabend bereits rausgelegt – in der Reihenfolge, wie ich sie anziehen würde. All diese kleinen Routinen gaben mir Sicherheit.

Ungerechtigkeit war mir schon als Kind ein Dorn im Auge. So konnte ich es nicht akzeptieren, dass sich mein Bruder gerne vor den Aufgaben im Haushalt drückte und innerhalb der Familie auch gerne über diese Tatsache hinweggesehen wurde, da er doch „ein Junge" war und ich „ein Mädchen".

Also erstellte ich einen Haushaltsplan, den ich in der Küche an die Wand klebte. Jede Woche schrieb ich einen neuen und wir mussten die jeweiligen Aufgaben abhaken und unseren Namen danebenschreiben. So verpflichtete ich meinen Bruder schriftlich und sichtbar – worauf ich mich dann bei den Eltern berufen konnte.

Während ich dies aufschreibe, wird mir nochmal bewusster, wie sich mein heutiges Leben und all das, was ich euch erzähle, in der damaligen Zeit entwickelt hat.

Auf meinen Bruder hatte meine strukturierte Ordnungsliebe langfristig betrachtet im Übrigen auch einen positiven Effekt. Selbst wenn er nicht immer alles gemacht hat, wofür er eingeteilt war. Er ist heute ein sehr strukturierter und organisierter Mensch. Für mich bedeutete es damals oft, ihn auch zu motivieren, ohne ins Streiten zu verfallen. Das ist wiederum zu einer meiner Stärken auch im Umgang mit meinen Kindern und ebenfalls mit anderen Menschen geworden.

Interessanterweise sind wir heute beide, mein Bruder und ich, seit vielen Jahren beruflich selbstständig und haben schon einige unternehmerische Krisen überstanden und gemeistert. Sicherlich liegt der Grund dafür auch darin, dass wir früh für uns selbst zuständig waren und einfach Verantwortung tragen mussten. Daraus haben wir beide unsere Stärken gemacht.

Daher kommt meine Ordnungsliebe

Jetzt, wo ich das schreibe, wird mir klar, dass mein Hang zur Ordnung schon in diesen frühen Jahren existierte. Es war der Wunsch nach Struktur in einem Leben, in dem ich wenig Halt und Unterstützung hatte. Es gab mir Kontrolle zurück. Ich hatte das Gefühl, dass ich etwas schaffen konnte.

Die Umstände waren so, dass ich erwachsener agieren musste, als ich war. Sie nahmen mir zwar ein Stück Kindheit, doch dieses Ordnen und Strukturieren war für mich leicht. Es wurde ein Kinderspiel sozusagen. Und der Erfolg war direkt sichtbar.

Meine Eltern waren zufrieden, wenn alles gemacht war. Und was soll ich sagen: Ich war es dann auch. Denn die wenige Zeit, die ich mit meinen Eltern hatte, wollte ich uns so leicht machen, wie es die Umstände hergaben.

All das ist nicht die Aufgabe eines Kindes. Ich denke, darüber muss ich nicht viel schreiben. Doch so war mein Leben. Und als Kind nimmst du die Aufmerksamkeit, die du bekommst. Du brauchst diese zum Überleben. Du kannst ja nicht einfach weggehen.

Und paradox ist natürlich auch, dass ich heute im Erwachsenenalter genau mit all diesen Strategien, die ich mir schon als Kind angeeignet habe, erneut Zuspruch bekomme.

Die Geschichte führt sich fort. Nun ist sie aber nicht mehr mein Überlebensmodus, sondern eine frei gewählte Aufgabe, die ich mit voller Dankbarkeit zu den Menschen tragen kann und mit der ich positive Veränderung schaffen kann.

Doch das Ganze – und dazu stehe ich – hat bei mir auch etwas von Selbsttherapie. Ordnung schaffen gibt mir Zufriedenheit. Es entspannt mich. Ich kann nochmal in Ruhe über alles nachdenken. Ich tue etwas und fühle mich gebraucht.

Doch dabei ist es nicht geblieben. Mit der Zeit sind weitere, ich nenne sie mal Ventile zur Stressregulation dazugekommen.

Meine Top 5 zur Stressreduktion und -regulation

1. mir selbst Blumen kaufen
2. ein Journal führen
3. Sport/ Bewegung an der frischen Luft
4. mir Zeit für mich alleine nehmen
5. eine geordnete Umgebung haben

Unser Leben in Deutschland
Bürokratie gehörte zu unserem Leben dazu

Mit der Aufenthaltsgenehmigung, um in Deutschland wohnen und arbeiten zu dürfen, war es sehr kompliziert. Alle drei bis sechs Monate mussten wir bei der Ausländerbehörde erscheinen, um einen neuen Stempel zu bekommen, damit wir bleiben durften. Ich erinnere mich an diese langen schmalen Gänge mit all den Menschen, die so viel Hoffnung in den Augen trugen. Auch Menschen, ganze Familien, die entweder lächelnd, aber auch weinend und verzweifelt aus den Büros wieder herauskamen.

Ein Kind sollte so etwas nicht sehen müssen. Das Gefühl, dass hinter dieser Tür ein Mensch mit einem Stempel darüber entscheidet, wie dein weiteres Leben verlaufen wird. Und ich kann euch sagen, oft war die Entscheidung vom Sachbearbeiter abhängig. Es gab natürlich einheitliche Regelungen, die allerdings auch, ich nenne es mal Spielraum bei der Entscheidung boten. Das war sehr frustrierend für uns.

In den 1990ern gab es für Asylanten kein dauerhaftes Aufenthaltsrecht, wenn sie nicht ganz persönlich in akuter Gefahr in ihrem Heimatland waren. Meine Eltern waren somit nur „geduldet". Sie durften zwar arbeiten, aber nur, wenn ihr Aufenthalt genehmigt war. Andererseits wurde ein Arbeitsvertrag nur verlängert, wenn die Aufenthaltsgenehmigung klar war. Da biss sich die Katze in den Schwanz. So lebten meine Eltern in ständiger Ungewissheit. Und so ging es vielen unserer Bekannten.

Hoffnung und Abgründe sind immer nahe zusammen, vor allem für diejenigen, die von Krieg und Flucht betroffen sind. Als Kind sollte man so vieles davon nicht sehen müssen …

ASYLSITUATION FÜR GEFLÜCHTETETE IN DEN NEUNZIGER- UND NULLERJAHREN

Als Jugoslawien in Teilstaaten zerfiel, flohen Hunderttausende in nächstgelegene Regionen und in andere Staaten Europas. Von den rund 600.000 Schutzsuchenden aus Bosnien-Herzegowina in der EU nahm Deutschland rund 350.000 auf. Letzteres war auch dem geschuldet, dass in Deutschland viele Verwandte und Bekannte von ihnen lebten, die als Arbeitskräfte in den 1960er- und 70er-Jahren angeworben worden waren und als sogenannte Gastarbeiter*innen einwanderten.

Die bosnischen Migranten erhielten aber kein dauerhaftes Aufenthaltsrecht. Sowohl das Grundgesetz mit seinem „Recht auf Asyl" als auch die Genfer Flüchtlingskonvention verlangten einen Nachweis der individuellen Verfolgung aus politischen Gründen. Eine Flucht vor Krieg oder Bürgerkrieg zählte nicht.

Weil die Aussichten auf einen Flüchtlingsstatus gering waren, nahm die Zahl der bosnischen Migranten deshalb schnell ab und lag 1995 bei circa 43.000 Menschen.

Im Dezember 1995 wurde der Krieg in Bosnien-Herzegowina mit dem „Abkommen von Dayton" beendet. Danach galt, dass nur in Ausnahmefällen ein weiterer Aufenthalt in Deutschland möglich war und ansonsten die Rückkehr der Schutzsuchenden nach einer Stabilisierung der Situation in die Herkunftsgebiete erforderlich sei.

Die Bundesregierung teilte mit, dass von den am 31. März 1995 registrierten rund 288.000 Schutzsuchenden aus Bosnien-Herzegowina 226.000, also ca. 80 Prozent über eine Duldung verfügten. Dieser aus dem ersten deutschen Ausländergesetz von 1965 stammende Begriff der „Duldung" konnte nur ein vorübergehendes Aussetzen einer Abschiebung bewirken.

Man muss wissen, dass zu der Zeit parallel die deutsch-deutsche Vereinigung stattfand, so dass der Wiederaufbau im Osten Priorität hatte. Die Zuwanderung galt wegen der Gefahr einer hohen Erwerbslosigkeit als ökonomisches Risiko.

Erst 2013 führte Deutschland den „subsidiären Schutz" ein, bei dem Schutzsuchende generell aufgrund von Krieg oder Bürgerkrieg eine befristete Aufenthaltserlaubnis in der Bundesrepublik erhalten konnten. Blieb die Gefahr im Herkunftsland danach weiter bestehen, war nach fünf Jahren ein dauerhaftes Bleiberecht möglich, wenn bestimmte Voraussetzungen, wie die eigenständige Sicherung des Lebensunterhalts, gegeben waren.

Die Aufnahme einer Arbeit war für Geduldete zwar nicht verboten, die Hürden allerdings blieben erheblich: Die Arbeitsämter mussten die Beschäftigung genehmigen. Dass die Duldung auf meist drei Monate beschränkt war, erschwerte die Weiterbeschäftigung nach dem Ende der Dreimonatsfrist.

Ab 1995 wurde die Rückkehr der Schutzsuchenden des Bosnienkriegs vorangetrieben. Ein Abschiebestopp sollte nur noch bis zum 31. März 1996 gelten. Ab Juli 1996 sollten zunächst Unverheiratete, kinderlose Ehepaare sowie Menschen, deren Familien überwiegend in Bosnien-Herzegowina lebten, zurückkehren. Ab Mai 1997 sollte dann die Rückkehr von Familien mit Kindern folgen. Die Bundesrepublik Deutschland blieb das einzige EU-Land, das eine Rückkehrpflicht beschloss und durchsetzte.

Pubertät – die erste Begegnung mit mir selbst

Als ich etwa 12 Jahre alt war, kam ich in eine sehr schwierige Phase. Die Pubertät kündigte sich langsam an. Etwas in mir zog sich zurück. Nach innen. Und gleichzeitig schrie es aus mir heraus. Trauma lässt grüßen. Ich probierte Alkohol, die ersten Zigaretten, rutschte in der Schule ab, ritzte mir die Arme, um etwas zu spüren, trug weite Kleidung, die meinen sehr schlanken, teilweise sogar untergewichtigen Körper verdeckte.

Ich nahm in der Zeit immer mehr ab. Was mich dazu brachte, nicht mehr essen zu wollen, war ein unterschwelliges Gefühl, das ich bis heute nicht direkt erklären kann. Ich aß einfach sehr wenig. Hatte auf das Leben, das ich führen musste, überhaupt keine Lust mehr.

So wurde ich sehr, sehr dünn. Mit etwas über 160 Zentimetern wog ich irgendwann nur noch 42 Kilo. Eine weitere Konsequenz davon war: Ich kränkelte ständig. Ich war immer blass. Und ich bekam ganz große Probleme mit meinen Immunsystem. Meine Mandeln waren immer wieder entzündet.

Deine Gefühle mit jemandem zu teilen, ist eines der wertvollsten Geschenke unseres Lebens.

Ich glaube, dass ich in diese Abwärtsspirale rutschte, weil einige Mitschüler aufgrund meiner Abmagerung anfingen, mich zu hänseln. Auch meine Eltern reagierten sehr negativ. Ständig gab es Kommentare, dass das nicht gesund sei. Ich fühlte mich plötzlich von allen Seiten gemobbt. Leider wurde ich in meinem Aufschrei so gar nicht gesehen. Keiner war da, um sich meiner anzunehmen und mir da rauszuhelfen. Wieder einmal war ich auf mich alleine gestellt.

Doch ich war jetzt auch älter, ging auf die weiterführende Schule und hatte einen großen Freundeskreis. Meine Freundinnen zogen mich mit und halfen mir zum Glück relativ schnell durch diese Phase. Ich hatte immer jemanden zum Reden, zum Austauschen. Und ich sah bei den anderen Mädels, dass sie ähnliche Probleme hatten. Nur, dass sie nicht ins Extrem verfielen.

Der Austausch mit den Mädels gab mir den richtigen Input, mich nicht noch stärker fallenzulassen. Ich merkte, dass die Sache aus dem Ruder lief. Und irgendwann machte es Klick und ich nahm wieder zu, aß wieder normal. Ich kam wieder heraus aus meinem Schneckenhaus.

Deine Gefühle mit jemandem zu teilen, ist eines der wertvollsten Geschenke unseres Lebens.

Ich höre auf meinen Körper

Heute weiß ich, dass mein Körpergefühl ganz stark von meiner Gefühlslage abhängt. So wie ich mich fühle, so sehe ich mich. So will ich mich sehen. Das Bild trage ich nach außen. Und so sehen mich auch andere.

2021 bis Anfang 2023 gab es wieder so eine Phase. Mein Körper „schrie" wieder zu mir, wie damals in der Pubertät, und ich habe nicht direkt hingehört, obwohl ich es doch besser hätte wissen müssen. Konsequenz daraus: ein Hörsturz, ein temporärer Ausfall meines Gleichgewichtsorgans, 15 Kilo Gewichtszunahme, ein diagnostizierter Herzfehler, der bei keiner vorherigen Untersuchung aufgefallen war, und zahlreiche weitere somatische Symptome.

Wobei mir immer klarer wurde, wie sehr körperliche und seelische Symptome zusammenhängen. Diese sogenannten psycho-somatischen Beschwerden erlebte ich am eigenen Leib …

Im Frühling 2023 zog ich dann die Reißleine und schrieb an einem Tag alles auf, was in meinem Kopf vorging:

Wie es mir ging.
Wie ich mich fühlen wollte.
Welche Beschwerden ich hatte.
Was mich mental beschäftigte.
Was mich einschränkte.
Was mich ausbremste.

Die Liste an reflektierenden Fragen wurde immer länger und länger. Und am Ende formte sich ein Bild vor meinen Augen. Ich sah genau, was mein Problem ist. Doch zu diesem Zeitpunkt konnte ich mich nicht um mein Hauptanliegen kümmern. Dafür fühlte ich mich zu schwach. Ich fühlte mich nicht stark genug, diese Problematik an der Wurzel zu packen.

Ich beschloss, erst mal all das zu tun, was meine Energie auffüllen würde. Ich nahm mir Zeit für mich. Und es brachte mich tatsächlich weiter.

Nur weil du im Leben
Schweres tragen kannst,
heißt das längst nicht,
dass du immer alles allein
schleppen musst.

Zurück in mein 14. Lebensjahr

Sieben Jahre lang, bis ich 14 war, lebten wir in Deutschland. Es wurde zu unserer zweiten Heimat. Wir bauten uns ein Leben auf, das von Tag zu Tag etwas leichter wurde. Unser Alltag pendelte sich ein. Auch wenn ich damals schon geahnt habe, dass es nicht immer so einfach war, denn das Geld war oft sehr knapp und ich sah, wie meine Eltern immer wieder auf Zetteln rechneten, ob wir über die Runden kommen würden.

Und ein weiteres Problem wurde mir immer bewusster: Neben all den anderen Sorgen hatte mein Vater mehr und mehr ein großes Alkoholproblem. Heute verstehe ich, dass er damit sicherlich seine Schlaflosigkeit kompensierte und versuchte, die Albträume aus seinem Kriegstrauma zu ertränken. All das führte natürlich daheim zu zahlreichen Streitigkeiten.

Einmal kam es sogar zu körperlichen Auseinandersetzungen, die mit einem polizeilichen Einsatz in unserer Wohnung endeten. Die Nachbarn hatten die Polizei gerufen. Sie müssen das Streiten und mein Weinen wohl gehört haben.

Mein Vater war an dem Abend stark alkoholisiert auf meine Mama losgegangen. Mein Bruder und ich schätzen diese Situation instinktiv gefährlicher als sonst ein und so gingen wir beide dazwischen. Ich war von der Größe genau auf einer Höhe mit dem Arm meines Vaters, der mir in einem schnellen Moment einen nicht beabsichtigten Ellenbogenschlag verpasste. Dabei wurden mir drei Zähne im Unterkiefer ausgeschlagen.

Dinge wie diese traumatisieren ein Kind und beschäftigen mich bis heute. Diesen Abend werde ich mein Leben lang in Erinnerung behalten! Und doch muss ich sagen: nicht nur negativ. Ich glaube, dies sind die größten Herausforderungen im Leben. Was ist denn schon schwarz-weiß und ganz klar abgrenzbar?

Kennt ihr nicht auch diese Gefühle, die sich einschleichen, widersprechen, verändern und uns verunsichern? Ich bin der festen Überzeugung: Dieses Chaos in sich zu reflektieren, anzunehmen und damit umzugehen ist der einzig richtige Weg zur langfristigen Zufriedenheit.

Warum hatte ich diese sich widersprechenden Gefühle: Mein Vater hatte eine ganz starke Bindung zu mir und ich zu ihm. Ich war sein kleines Mädchen. Er ruft mich bis heute noch ganz liebevoll bei meinem Spitznamen Lala. So darf mich sonst niemand nennen.

Als er am nächsten Morgen begriffen hatte, was in der vorherigen Nacht passiert war, brach er innerlich zusammen. Und dann traf er einen Entschluss: kein Alkohol mehr. Kalter Entzug.

So kann ein Schock und negatives Erlebnis auch positive Konsequenzen haben. Bis heute, mehr als 25 Jahre später, ist er trocken und hat für mich damit wahre Stärke bewiesen. Er hat mir auch gezeigt, dass wir unser „Warum" kennen müssen, um uns zu ändern. Er sah den Schaden, den er angerichtet hatte, und so war der Wille, dass so etwas nie wieder passieren darf, stark.

> Kennt ihr nicht auch diese Gefühle, die sich einschleichen, widersprechen, verändern und uns verunsichern? Ich bin der festen Überzeugung: Dieses Chaos in sich zu reflektieren, anzunehmen und damit umzugehen ist der einzig richtige Weg zur langfristigen Zufriedenheit.

Veränderungen sind nie leicht, denn schließlich sprechen wir davon, Gewohnheiten, die sich über Jahre aufgebaut haben, zu eliminieren. Es braucht Zeit oder einen Vorfall, damit sich etwas oder jemand langfristig ändert.

Werden wir wirklich abgeschoben?

Ich hatte schon eine Vorahnung. Als sensibler Mensch konnte ich fühlen, welche Sorgen und Ängste meine Eltern hatten. Es lag immer mehr Anspannung in der Luft. Im Alltag lagen die Nerven blank. Zwischen ihnen gab es noch häufiger Streit. Sie besprachen Möglichkeiten und Optionen, waren aber nie einer Meinung. Ich löcherte sie mit Fragen. Und schließlich ließen sie die Katze aus dem Sack: Wir sollten nach Bosnien abgeschoben werden!

Ich war wie vor den Kopf gestoßen. Gerade 14 Jahre alt, mitten in der Pubertät. Ich hatte mich so gut eingelebt – und jetzt sollte ich einfach so abgeschoben werden? Meine Eltern überlegten zu dem Zeitpunkt, ob wir nach Kanada ziehen sollten. Aber auch das war für mich keine Option, viel zu weit weg. Die Idee mit Kanada löste sich schnell wieder in Luft auf, denn Mama zog bei diesem Plan nicht an einem Strang mit Papa.

Bosnien wiederum war inzwischen für mich zu einem fremden Land geworden. Ich hatte überhaupt keinen Bezug mehr dazu. Eigentlich war ich sogar aus einem völlig anderen Land geflohen: Jugoslawien. Zurückkehren sollte ich nach: Bosnien-Herzegowina.

Der Grund für die Abschiebung war wieder mal ein bürokratischer. Es gab ein Flüchtlingsabkommen zwischen Deutschland und Ex-Jugoslawien, welches vorsah, dass nach Ende des Bürgerkriegs alle Geflohenen zurückkehren sollten – egal, wie ihre Situation inzwischen war. Meinen Eltern wurde kurzerhand die Arbeitsgenehmigung entzogen, womit auch ihre Verdienstmöglichkeit weg war. Somit waren wir plötzlich auf Sozialhilfe angewiesen.

Es hieß dann, diejenigen, die sich nicht eigenständig um ihren Lebensunterhalt kümmern konnten, dürften keine Aufenthaltsgenehmigung erhalten. Die Abschiebung war damit unvermeidlich. Wir konnten gar nichts machen – so ticken die Mühlen der Bürokratie.

In mir brach eine Welt zusammen. „Ich kann nicht wieder alles hinter mir lassen!", war alles, was ich denken konnte. Ich hatte hier doch mein Leben, Freundschaften, einen geregelten Alltag, Zukunftspläne, Zukunftsträume. Das alles war nun in Gefahr, mir genommen zu werden. Ich war so am Boden zerstört. Mitten in dieser Umbruchphase der Pubertät auch noch das!

Doch so sehr wir auch nach Auswegen und Möglichkeiten suchten, es war nicht zu ändern. Wir mussten zurück in das Land, das 1992 als Bosnien-Herzegowina seine Unabhängigkeit erhalten hatte. Es wurde eine der schwierigsten Phasen meines Lebens. Uns wurde einfach der Boden unter den Füßen weggezogen. Es war, als schwebten wir im Niemandsland.

Die letzten Monate in Deutschland waren extrem anstrengend. Aus unserer Wohnung mussten wir ausziehen. Wir zogen genau dorthin, wo alles angefangen hatte: zu meinen Großeltern. Sie lebten immer noch in der 60-Quadratmeter-Wohnung. Ich musste mit meinen Eltern in einem Zimmer schlafen. Keine Privatsphäre, keine Möglichkeit sich zurückzuziehen. Mein gesamtes Hab und Gut befand sich in einem einzigen Koffer. In diesem Koffer war neben meinen Klamotten das einzig Private eine kleine Box mit Bildern und Briefen aus der Schulzeit. Alles andere war in der Zwischenzeit nach Bosnien gebracht worden.

Alles wurde aufgelöst, weggegeben, verkauft. Mein Papa fuhr einige Male zwischen der alten und der neuen Heimat hin und her, um alles zu organisieren. Für mich war diese Situation kaum auszuhalten.

Glücklicherweise durfte ich noch zur Schule gehen und so schrieb ich mich in alle Nachmittags-AGs ein, nur damit ich nicht in die Wohnung meiner Großeltern, in dieses kleine Zimmer, wo es mich eigentlich gar nicht als Persönlichkeit gab, zurückmusste. Ich wollte so wenig Zeit wie nur möglich dort verbringen.

In diesem Jahr feierte ich zum ersten Mal bei meiner besten Freundin und ihrer Familie Weihnachten. Auch wenn ich selbst nicht dem christlichen Glauben angehöre, so bekam Weihnachten für mich in diesem Jahr eine ganz besondere Bedeutung: anderen eine Freude zu machen und diese Tage mit Liebe zu erfüllen.

Ich denke, es ist klar, warum mein Zuhause heute meine über alles geliebte Basis der Sicherheit und der Zuflucht für mich ist.

Und so feiere ich auch heute noch Weihnachten mit meinen Kindern, als Fest der Liebe und des Zusammenkommens.

Das alles war sehr prägend für mich. Heute weiß ich, dass solche schwierigen Erfahrungen uns stärken. Aber damals hätte ich absolut darauf verzichten können.

Ich denke, es ist klar, warum mein Zuhause heute meine über alles geliebte Basis der Sicherheit und der Zuflucht für mich ist.

Hier herrscht kein Chaos, die Räume geben Ruhe. Alle Familienmitglieder haben ihren Rückzugsort und können an diesem ihre Persönlichkeit frei entfalten und leben.

Ich liebe es, viel Raum zu haben, ihn aber nicht vollzustellen, Freiraum zu spüren. Manchmal kann ich gar nicht fassen, was für ein schönes Heim ich mir geschaffen habe. Dafür bin ich so, so unendlich dankbar.

Die Qual mit dem Qualm

In der angespannten Übergangssituation kurz vor der Abschiebung gab es auch noch ein nerviges Problem – aus dem sich gleich ein weiteres ergab. Mein Opa war starker Raucher. Natürlich ließ er sich wegen uns nicht davon abhalten, ständig zu qualmen. Das hat man nicht nur in der Wohnung gerochen. Das hat man auch an den Klamotten aller Bewohner gerochen.

Ich konnte diesen Geruch an meinen Klamotten nicht ausstehen. Ständig habe ich meine Kleidung gelüftet. Nach dem Waschen habe ich sie extra zum Trocknen auf dem Dachboden aufgehängt. Ich wollte auch in der Schule nicht durch diesen schlechten Geruch auffallen.

Doch jetzt kommt das ganz Absurde an der Geschichte: Genau in der Zeit fing ich selber an zu rauchen!

Ich denke, es war einfach eine superschwierige Phase für mich. Viele Freundinnen in meinem Umfeld fingen zu der Zeit auch an zu rauchen. Es gab immer mehr dieser Grüppchen im Raucherbereich. Da wollte ich einfach dabeisein – zumal ich nicht wusste, wie lange ich zu diesen Gruppen noch dazugehören konnte.

Mit etwas über 13 Jahren habe ich also angefangen zu rauchen. Und das habe ich für über 10 Jahre getan.

Danach habe ich von einem Tag auf den anderen aufgehört. Es hatte mich die ganzen Jahre immer auch gleichzeitig gestört, vor allem der Geruch danach. Eines Tages wurde mir der Geruch absolut zu viel. Es war wie ein Schalter, der umgelegt worden war. Ich machte einen harten Cut. Und ich habe nie mehr geraucht.

Ich bin nicht anders – ich bin hochsensibel

Als ich zum ersten Mal von Hochsensibilität las, hatte ich ein großes Aha-Erlebnis. Ich fand mich stark darin wieder. Ich habe immer versucht mich zusammenzureißen. Ich wollte diese Sensibilität unterdrücken. Aber das machte es nur schlimmer.

Menschen, Gerüche, Geräusche – all das kann mir schnell zu viel werden. Ich empfinde z. B. Gefühle von anderen ganz stark mit. Wenn ich im Raum bin und jemand ist traurig, fühle ich diese Trauer in mir, obwohl ich gar nichts damit zu tun habe. Ich könnte, wenn jemand neben mir einen Verlust erlitten hat, mitweinen.

Gleichzeitig fühle ich mich für das Wohl und auch das Leid anderer mitverantwortlich. Ich will nicht, dass andere leiden, und versuche stets zu helfen, was oft ausgenutzt worden ist.

Dabei möchte ich immer nur, dass es den Menschen, die mit mir in Kontakt kommen, gut geht. Eine Erwartung an mich selbst, die nicht zu erfüllen ist. Denn bei all dieser Erwartung habe ich mich selbst komplett vergessen. Ich habe nicht darauf geachtet, wie es MIR dabei geht.

So merkte ich mit zunehmendem Alter, wie sehr ich von Ruhe und Stille profitiere. Das Alleinsein war für mich keine Einsamkeit, sondern das Auffüllen meines Akkus.

Nach Erlebnissen mit vielen Menschen komme ich leicht in eine Überreizung. Zuletzt war ich auf einem Yoga-Event. Ich genoss dieses Zusammenkommen total, doch gleichzeitig merkte ich, in was für eine Anstrengung ich verfiel.

Es gab eine Menge Gespräche, Menschen, viel Nähe. Das ist toll und ich kann das auch mittlerweile annehmen. Doch sobald ich aus dieser Situation rauskomme, gibt es energetisch einen starken Knick nach unten. Ich bekomme Kopfschmerzen und will nur noch nach Hause – dahin, wo ich in meiner gewohnten Umgebung bin.

Nach außen hin vermutet keiner, wie mich das anstrengt. Aber ich merke, irgendwann sagt mein Körper Stopp, mein Inneres macht zu. Dann geht es mir am besten, wenn ich wieder alleine oder bei meinen Kindern bin.

Wenn zu viele Ereignisse zusammenkommen, wird das Nervensystem irgendwann überlastet. Ich will mich nur noch zurückziehen und merke, dass ich meine Emotionen teilweise gar nicht mehr steuern kann. Kleinigkeiten reichen dann schon aus, um mich zu verwirren oder mich zum Weinen zu bringen.

Bis ich mich mit dieser Sensibilität selbst akzeptieren konnte, hat es gedauert. Ich versuche jetzt nicht mehr, mich in ein Ideal „reinzuquetschen". Das ist ein Kampf, den man gegen sich selbst führt. Ich liebe diese sensible Seite mittlerweile sehr an mir, denn ich habe ganz feine Antennen. Auch bei den Kindern. Sie fragen öfter mal: „Na, Mama, hast du schon wieder eine Vorahnung oder warum schaust du mich so an?"

Dennoch musste ich erst mal lernen, für mich selbst zu sorgen, auf mich zu achten. Dafür musste ich mich auch lösen von den Bewertungen anderer. Wenn ich eine Verabredung habe, mein System aber überlastet ist, dann muss ich in einer guten Freundschaft ehrlich sagen können, wie es mir geht und dass wir das Treffen verschieben sollten.

So hat sich der Freundeskreis auch sehr stark gefiltert. Viele waren daran gewöhnt, dass ich immer sehr viel gebe und wenig darauf achte, ob ich diese Kapazität überhaupt habe. Mit zunehmendem Alter oder dem wirklichen Erwachsenwerden habe ich immer mehr nach innen geschaut.

Wir müssen oft erst mal lernen, uns um uns selbst zu kümmern. Dann können wir uns auch zuverlässig um andere kümmern.

Meine Notfall-Strategie bei Überreizung

Meine Notfall-Strategie, um meine Überreizung zu mildern, um mich zu beruhigen, wenn ich eben in großen Gruppen bin, was sich beruflich auch nicht anders regeln lässt bzw. worauf ich auch nicht verzichten möchte, sieht so aus:

Ich versuche, mich kurz aus der Situation rauszunehmen. Und sei es nur für einige Minuten.

Ich mache einige Atemübungen. Die einfachste ist: ganz tief in den Bauch atmen. Das Ausatmen dabei richtig langziehen. Und: mich selbst mit den eigenen Armen ganz fest umarmen.

Der wichtigste Punkt ist aber, überhaupt in dem Moment, wo dir die Belastung auffällt, auf die Idee zu kommen, dich aktiv um Beruhigung zu kümmern. In einer Stresssituation ist man erwiesenermaßen im Überlebensmodus – da gibt es nur Fight, Flight oder Freeze, Kämpfen, Flüchten oder Erstarren. Diese automatischen Reaktionen muss man wahrnehmen. Dafür ist ein regelmäßiges Nach-innen-Fühlen die beste Strategie.

Frag dich selbst immer wieder mal: Wie geht es mir genau jetzt wirklich?

Bis bald, Deutschland

Ich erinnere mich, wie traurig und enttäuscht ich am Tag der Abreise war. Im Innern malte ich mir die schlimmsten Szenarien aus, wie es in Bosnien jetzt aussehen würde. Was konnte man von einem Land erwarten, in dem bis vor Kurzem Krieg geherrscht hatte? Noch dazu ein Bürgerkrieg, bei dem Nachbarn sich bekämpfen und ermorden? Wie sollte man dort „neu" anfangen?

Wir fuhren in unserem kleinen weißen Auto los. Ich glaube mich daran zu erinnern, dass es ein VW Polo war. Der Wagen war bis oben hin vollgepackt mit unseren letzten Sachen. Mir selbst blieben vielleicht noch 30 Zentimeter Platz zum Sitzen auf der Rückbank rechts. Genau das war die Quintessenz dieser Phase: Enge! Es wurde superenge. Meine Freiheiten und Freiräume wurden mit einem Schlag eingeschränkt. Ich saß in diesem Auto, doch ich war gar nicht da. Es war, als würde mein Inneres einfach gehen. Aus mir rausgehen.

Mit meinen 14 Jahren hasste ich in diesem Moment einfach alles und jeden.

Mit vielen Tränen und Abschieden ließen wir Kassel hinter uns. Wir verloren unser Zuhause, ließen Freundschaften, Schule, Kollegen, Arbeit zurück. Alles, was wir mit so viel Mühe aufgebaut hatten. In einem einzigen Moment zerplatzte die Seifenblase, unser Traum von einem normalen Leben in einem Land, das uns so viel ermöglicht hatte.

Immer wieder neu anfangen … Im Rückblick fühle ich bei der Erinnerung und den Gedanken daran meine Traurigkeit noch heute. Auch beim Schreiben dieser Zeilen kullern erneut die Tränen. So viele Male musste ich neu anfangen.

Fremdes, zerstückeltes Geburtsland

Jugoslawien ist zwar mein Geburtsland, aber als ich 1998 zurückkehrte, fühlte es sich an, als käme ich in eine fremde, kaputte Welt. Zerstörte Gebäude, neue Grenzen mitten in der Landschaft. Ortsschilder mit rätselhafter kyrillischer Schrift, fehlende Infrastruktur. Spuren der Zerstörung waren hier überall zu sehen.

Unser Heimatdorf war ein anderes – es gehörte jetzt zu Serbien. Unser Haus gab es nicht mehr. Der Ort meiner Kindheit mit dem großen Grundstück, den Obstbäumen und Wiesen war nicht mehr bewohnbar. Dort stand jetzt eine abgebrannte Ruine. Ich verstand die Hintergründe für diesen Krieg gar nicht genau. Für mich war es einfach alles nur surreal.

Meine Eltern hatten vor der Abschiebung aus Deutschland einen anderen Ort für uns als neuen Wohnort ausgewählt. Er lag in dem neu entstandenen Staat Bosnien. Hier wohnte bereits Familie von Mama und Papa, so dass wir uns nicht ganz alleine fühlten.

Bosnien war – und ist heute noch – ein Schmelztopf der Kulturen und Religionen. Muslime, Christen und Orthodoxe lebten dort friedlich zusammen. Unser Bekannten- und Freundeskreis bestand aus Menschen aller Nationalitäten. Es zählte der Mensch und nicht die Herkunft, die Religion oder die Hautfarbe.

Doch überall waren die Spuren des Krieges sichtbar. Und über allem lag die Bitterkeit der Menschen, die im Krieg gelitten hatten, Angehörige verloren hatten. Die Atmosphäre war bedrückend. Weiterhin gab es Groll, Fanatismus und Misstrauen.

Teilweise wurden wir jetzt verurteilt, weil wir geflüchtet waren. Meinem Vater wurde vorgeworfen, dass er nicht genug für sein Vaterland gekämpft hätte. Die Lage war noch für lange Zeit angespannt. Viele Menschen mussten ums Überleben, um ihre Existenzen kämpfen.
Ich fühlte mich dort erneut wie die Ausländerin. Obwohl es mein „Vaterland" war,

fühlte ich mich wie eine Fremde. Unter solchen Umständen neu anzufangen, anzukommen, war ungemein schwer.

Einmal fuhr ich mit meinem Vater noch zu dem alten Grundstück in unserem Heimatdorf. Ich konnte es kaum glauben: Das Haus war bis auf die Außenmauern abgebrannt. Es war ein wirklich gruseliger Anblick. Aber ein wichtiger, denn ich konnte Abschied nehmen von dem Haus, in dem ich die ersten Jahre meiner Kindheit verbracht hatte.

In dieser Zeit war überall im Land die Armee präsent. Es war total normal, auf dem Weg zur Schule Bundeswehrsoldaten und Panzern zu begegnen. Einerseits fühlten wir uns irgendwie sicherer, wenn wir vor allem deutsche Soldaten sahen. Ich empfand es als beruhigend, die Sprache zu hören. Auf der anderen Seite war es beunruhigend, weil ich mich immer wieder fragte, warum sie noch da waren. Der Krieg war doch schließlich vorbei.

Bosnien war – und ist heute noch – ein Schmelztopf der Kulturen und Religionen. Muslime, Christen und Orthodoxe lebten dort immer friedlich zusammen. Es zählte der Mensch und nicht die Herkunft, die Religion oder die Hautfarbe.

Traumata aufarbeiten

Die ganzen Traumata, die sich aufgrund des Krieges und den damit einhergehenden Veränderungen ergaben, sind nie richtig aufgearbeitet worden. Für meine Eltern, die Therapien gegenüber sehr voreingenommen sind, war das wohl keine Option. Niemand fand es wichtig, uns als Kinder auch dort abzuholen, wo wir emotional mit all diesen Erlebnissen standen.

Ich mache meinen Eltern keinen Vorwurf, sie waren einfach mit sich selbst, mit dem Überleben und Erschaffen neuer Lebensumstände in dieser Situation beschäftigt. Auch sprach man zu dieser Zeit noch nicht so offen über Therapien und deren Möglichkeiten.

Ich hätte es mir aber gewünscht. Denn so hätte ich vielleicht all diese schwere Last etwas leichter tragen können. Mein Vater war meiner Einschätzung nach unglaublich traumatisiert. Er war für mich in bestimmten Situationen ein anderer Mensch geworden. Ein Mensch, der viel Schlimmes im Krieg gesehen und erlebt hatte. An wem gehen solche Bilder spurlos vorbei?

Viele Probleme in der Ehe meiner Eltern gehen sicher auch auf diese Umstände zurück. Und als Kinder haben wir so einiges gesehen, was Kinder eigentlich nicht sehen sollten.

Als ich ins Erwachsenenleben eintrat, wurde mir klar, dass dies nicht nur ein neues Kapitel in meinem Leben ist, sondern auch die Möglichkeit, mich von all diesen Dingen, die meine Familie erlebt hat, zu lösen. Ja, es war vielleicht auch eine Art Flucht, um von allem Abstand zu bekommen. Neu anfangen zu können.

Aber irgendwann muss dieser Kreis durchbrochen werden, dieses ewige Weitergeben von Traumata an die nächste Generation. Und hiermit meine ich nicht nur die Erlebnisse von Krieg und dessen Folgen.

Vor einigen Jahren, als ich schon Mutter war, beschloss ich, ausgelöst durch einen Umstand, der in mir starke Zweifel, Ängste und Unsicherheit hervorrief, die ich als Mutter nicht haben wollte, eine Gesprächstherapie zu machen. Ich habe mir selbst gesagt: „Izela, du kannst auch einfach die Erste in deiner Familie sein, die anfängt, das alles aufzuarbeiten."

Dieser Prozess ist sicher noch lange nicht abgeschlossen. Aber es lohnt sich. Mir hilft es ungemein, mit jemandem zu reden, der mir die richtigen Fragen stellt. Denn die Antworten kenne ich selbst. Allerdings sind die Antworten auch manchmal so schmerzhaft in ihrer Wahrheit, dass man sich kaum traut, sie laut auszusprechen.

Ein Umfeld, in dem man ganz ohne Vorurteile oder Angst darüber sprechen kann und gemeinsam Lösungen erarbeitet, ist eine enorme Erleichterung für die eigenen Gedanken und Gefühle. Hier habe ich nicht nur viel über den Einfluss meiner Kindheit gelernt, sondern auch viel über meine Person im Hier und Jetzt.

Ich will auf jeden Fall zurück! Wenn ich endlich 18 bin.

Am Ende wurden es vier für mich sehr lange Jahre, die ich in Bosnien verbringen musste. Anfangs war es sehr schwer, mich dort einzuleben. Es war einfach alles anders. Für mich kein normales Leben, weil es auch nicht das war, was ich wollte.

In einem Land, das nur langsam aus den zerstörten Strukturen herauskommt, funktioniert natürlich auch nicht alles nach Plan. Regelmäßig hatten wir keinen Strom, mussten Wasser auf Vorrat vom zentralen Stadtbrunnen holen, weil das fließende Wasser aus diversen Gründen abgestellt wurde.

Aber welche Option gab es, als erst mal das anzunehmen, was da ist, und für sich selbst ein Ziel zu setzen? Ich kannte mein Ziel: Ich wollte zurück nach Deutschland. Das war mir immer klar. Dieses Ziel behielt ich immer vor Augen. So gut es ging, hielt ich auch Briefkontakt zu meinen Freundinnen in Deutschland.

In der Schule hatte ich große Schwierigkeiten, denn ich konnte eigentlich nicht richtig Bosnisch schreiben und lesen. Mit sehr viel Nachhilfe und zusätzlichem Lernaufwand klappte es immer besser. Ich wusste schnell, welche Fächer gut laufen müssen, damit ich mein Studienvisum für Deutschland beantragen konnte.

Mein Gedanke im Hinterkopf war immer nur: „Ich will nach Deutschland zurück!" Mir wurde so klar, wie gut es uns in Deutschland gegangen war. Hier meckern wir gerne über verschiedene Dinge. Aber wenn du einmal in einem zerstörten Nachkriegsland ohne funktionierendes Wirtschaftssystem gelebt hast, bist du dankbar für so vieles, was hier selbstverständlich ist. Zum Beispiel dafür, einfach zum Arzt gehen zu können.

In Bosnien mussten meine Eltern ganz von vorne beginnen und umdenken. Arztbesuche kosteten jetzt viel Geld, welches man im Voraus zahlen musste. Es gab eine Art Grundversorgung beim Arzt, doch auch da bekam man mitten in der Behandlung nach der gestellten Diagnose direkt die Summe X mitgeteilt, die man doch bitte vorne an der Kasse entrichten sollte, damit die Behandlung weitergehen konnte.

Mein Bruder durfte damals glücklicherweise in Deutschland bleiben, weil er schon 19 war und sich mitten in der Ausbildung befand. Ich beneidete ihn. Und gleichzeitig auch nicht. Denn auch er trug damit in seinen jungen Jahren schon eine Last und Verantwortung: Ihm war es größtenteils zu verdanken, dass wir die erste Zeit finanziell über die Runden kamen. Er schickte uns von seinem Ausbildungsgehalt Geld, damit wir einkaufen gehen und die wichtigsten Rechnungen bezahlen konnten.

Auch meine Großeltern in Deutschland unterstützten uns weiterhin immer wieder. Die Investition zahlte sich aus. Meine Eltern konnten nach einiger Zeit ein eigenes Geschäft eröffnen. Da beide in Deutschland in einer Bäckerei bzw. Konditorei gearbeitet hatten, nutzten sie ihr erworbenes Wissen – und eröffneten eine eigene Konditorei!

Fortan stand ich jedes Wochenende mit meinen Eltern in der Backstube, backte Torten und musste die ganzen Utensilien in einem kleinen Becken mit kaltem Wasser abwaschen. Heißes Wasser gab es nur mit einem Boiler und der kostete natürlich zusätzlich Strom, also Geld. Damals waren Sahnetorten bei Hochzeiten der Hit. Teilweise wurden die Torten 10 Etagen hoch und ich konnte bald keine Sahne mehr sehen. Aber das Geschäft lief und das war gut.

Eine Entwicklung, die mir persönlich nicht gefiel bzw. mir Sorge bereitete war, dass meine Mutter in Bosnien religiöser wurde. Für sie war es plötzlich noch wichtiger als sonst, was andere über uns sagen könnten. Sie hatte immer Sorge, wie das Bild von uns als Familie nach außen wirkte. Sie machte sich darüber so viele Gedanken, dass es sie wirklich belastete. Und mich schränkte das richtig ein. Plötzlich wurde mir vorgeschrieben, wie lang oder kurz meine Shorts im Sommer sein durften oder was ich als Mädchen alles nicht machen konnte und durfte. Sie hat mir deswegen oft Druck gemacht.

Für mich war das einfach ein Schritt zurück, was meine Freiheit betraf. Ich hatte sieben Jahre in Deutschland verbracht, war quasi auf mich gestellt gewesen. War im Eiltempo dort fast erwachsen geworden. Und dann wurden mir wieder ganz selbstverständliche Freiheiten genommen. Im Alter von 15 oder 16 Jahren wollte ich Dinge ausprobieren, meinen eigenen Stil entdecken. Doch in Bosnien wurde ich einfach eingeschränkt. Das hat allerdings meinen Wunsch, nach Deutschland zurückzukommen, noch mehr bestärkt und gleichzeitig Ehrgeiz in mir geweckt.

In dieser Zeit wurde meine Kreativität neu geboren und sie rettete mich wieder einmal. Da mir die finanziellen Mittel fehlten, um mir Kleidung zu kaufen, die den Ansprüchen meiner Mutter entsprachen, doch auch gleichzeitig meinen Stil repräsentierten, fing ich an zu nähen.

Da Bosnien bei den weiblichen Berufen Schneiderin ganz weit oben in der Liste führte, war es nicht schwer, an eine gebrauchte Nähmaschine aus der Nachbarschaft zu kommen. Ich fragte einfach bei den Omas des Dorfes an, die mich alle sehr mochten, denn ich war ein Plappermaul und die älteren Damen freuten sich, wenn ich bei ihnen stand und ihnen Dinge aus Deutschland erzählte. Was in dieser Zeit begann, wurde später zu meiner ersten Selbstständigkeit.

Ich hatte richtig Freude daran, eigene Dinge zu kreieren, etwas Neues zu gestalten. Ich merkte, dass mir das sehr viel Spaß machte. Ich nähte Neues oder nähte alte Sachen um. Freitags war immer Markttag und da konnte man auch für 1 KM (Konvertibilna Marka, die Währung in Bosnien, die an die DM gekoppelt war) einen ganzen Meter Stoff kaufen. Und so nähte ich Shirts, Kleider, Röcke, Halstücher oder Kissenbezüge zum Verschenken.

Ob ich die Teile jetzt noch tragen würde? Wohl nicht! Es war schon alles, sagen wir es mal, sehr kreativ. Doch aus der Not kam so etwas Schönes zustande, das noch viel individueller war als gekaufte Sachen.

Trau dich weiterzugehen!
Was kann schon passieren?
Stell dir vor, es könnte
schön sein, dort wo
du ankommst.

Lernen, lernen, lieben
So waren diese vier Jahre für mich

Die vier Jahre in Bosnien ging ich fleißig aufs Gymnasium. Ich wollte auf jeden Fall einen guten Abschluss. Da es mit den Rückkehrern übermäßig viele Schüler gab, wurden Vormittags- und Nachmittagsklassen eingerichtet. Die eine Hälfte hatte von morgens bis mittags Schule. Dann kam die andere Hälfte vom Nachmittag bis zum Abend dran.

Auf diesem Gymnasium lernte ich auch meinen ersten richtigen Freund kennen. Ich war 15, fast 16 und er war zwei Jahre älter als ich. Unsere Blicke trafen sich häufiger. Wir kamen irgendwann ins Gespräch. Da sein Cousin mit meiner Freundin zusammen war, sahen wir uns immer öfter. Und damit begann eine ganz normale Phase in meinem jugendlichen Leben, abseits von den ganzen Plänen und Unstimmigkeiten, die in meinem Kopf ihr Dasein feierten.

Das Land hat ja auch wunderbare Seiten und vor allem Orte, Natur, die vom Krieg wie unberührt zu sein schienen. So viel Grün, so viel freie Fläche – und das Wetter. Die Sommer sind so, wie man sich mediterrane Sommer ideal vorstellt. Wir als Schüler hatten fast drei Monate Sommerferien. Das ist eine richtig lange Auszeit von der Schule. In diesen Monaten verbrachten wir fast jeden Tag an einem großen See, der ganz in der Nähe war. Rucksack auf und Fußmarsch zum See.

Wir sind einfach viel draußen in der Natur gewesen. Am frühen Abend gingen wir in Cafés zum Kaffeetrinken und Sahnetorte essen – die Sahnetorten haben mich verfolgt. Sonntags gab es immer so eine Teenie-Disco. Da konnte man schon ab 12 Jahren hingehen. Es gab oft Live-Musik von Musikern aus dem Umland. Uns war wirklich nie langweilig.

In all den Momenten war ich genau da, wo ich war. Doch abends und vor allem nachts war da weiterhin immer dieser Wunsch. Der Wunsch, nach Deutschland zurückzukehren. Er war immer in meinem Hinterkopf. All meine Freunde wussten das auch und umso dankbarer bin ich, dass sie mich so vorbehaltlos aufgenommen haben, obwohl sie wussten, dass es Freundschaften auf Zeit sind.

Emotionen ganz und gar zulassen

Ich habe mir früh angeeignet oder auch aneignen müssen, meine Emotionen zu unterdrücken. Für Emotionen war kein Raum, kein Platz und auch kein Verständnis da.

So baute ich auch viele Mauern um mich auf, ließ Menschen immer nur so weit an mich heran, wie ich noch eine Art Sicherheitsabstand spürte. Und so ging ich auch an mein erstes Verliebtsein mit Vorsicht heran, denn ich hätte ja verletzt werden können und gleichzeitig wollte ich ja nicht an diesem Ort bleiben.

Doch heute weiß ich:
Nur wer Liebeskummer kennt,
wird auch wahre Liebe fühlen.
Nur wer schon Traurigkeit
gespürt hat, kann auch die
pure Freude fühlen.

Es ist das Pendel des Lebens.
Und damit es schwingt, muss
es beide Richtungen ausloten.

Wenn du immer nur Emotionen zulässt, die sich im mittleren, „risikofreien" Bereich bewegen, dann hast du keine Möglichkeit, empfänglich zu sein für die Höhen, die Explosionen, die Wellen, die Funken der Liebe, Freude, Glück, Dankbarkeit und Zufriedenheit.

Die negativen, traurigen, schmerzvollen Situationen lassen uns emotional wachsen, wenn wir sie reflektieren, sie auch zulassen. Alle Emotionen haben ihren Wert, für sich – und für dich. Die Belohnung ist Stärke, Kraft, Stolz, Selbstliebe und Vertrauen in dich selbst.

Mein Weg nach Deutschland – zurück

Als ich mit 18 Jahren wieder in Kassel ankam, war es wie Nach-Hause-Kommen. Und gleichzeitig war es, als sei ich nie weg gewesen. Ich stieg in die vertraute Bahnlinie 1 ein, die ich schon so viele Male zuvor gefahren war. Es sah alles aus wie vier Jahre zuvor, doch irgendwie auch wieder nicht. Ich war ja jetzt quasi erwachsen und hatte mich bewusst für das Leben hier entscheiden. Damals, mit sieben, war ich unfreiwillig, als Flüchtling hergekommen.

Ich fuhr die lange Allee entlang und spürte so eine Erleichterung, obwohl ich wusste, all das, was jetzt kommt, wird nicht leicht werden. Ich war alleine, auf mich gestellt und trotzdem hatte ich wohl das breiteste Grinsen im Gesicht, als ich in dieser Bahn saß.

Da mein Bruder die vergangenen vier Jahre in Deutschland hatte bleiben dürfen, weil er eine Ausbildung machte, war seine Wohnung meine erste Anlaufstelle. Dort angekommen rief ich eine meiner Freundinnen an. Wir jubelten durchs Telefon und machten gleich einen Termin für ein großes Wiedersehen. Sie organisierte bei sich zu Hause ein Klassentreffen für mich. Alle wurden zum Grillen eingeladen. Allerdings hatte sie niemandem verraten, dass ich zurück war. Umso aufgeregter war ich, als ich im Wohnzimmer wartete, während alle nacheinander eintrudelten. Ihr könnt euch vielleicht die Überraschung und die Freude vorstellen. Ich war überglücklich. Endlich zurück in MEINER Welt.

Nach den letzten Jahren in Bosnien war mir klar geworden, dass ich dort keinesfalls bleiben wollte. Das war nicht mein Zuhause. Die ganzen Jahre hatte ich nur einen Gedanken: „Wie komme ich zurück nach Deutschland, zurück zu meinen Freunden?“ Daher fiel es mir dieses Mal nicht sonderlich schwer, Bosnien den Rücken zu kehren. Ich hatte mich wahnsinnig angestrengt in der Schule, etliche Nachhilfestunden genommen, damit es funktioniert. Und die Mühe zahlte sich aus: Ich bekam ein Studienvisum für Deutschland.

In Bosnien konnte mich nach dieser Zusage somit nichts mehr halten. Ich wollte zurück, zu meinen Freundinnen und Freunden. Auch wenn das bedeutete, mit 18 Jahren völlig auf mich selbst gestellt zu sein. Ich wollte in meine Stadt, ich wollte meine Freiheit.

Dankbarkeit verändert dein Leben für immer

Dankbarkeit ist ein Game-Changer. Wieso? Weil Dankbarkeit hilft, deine gesamte Ausrichtung zu verändern. Zum Besseren.

Dankbar zu sein, bedeutet nicht, dass du stets und immer ein leichtes, erfülltes und zufriedenes Leben führen wirst, dich Krisen und Probleme umgehen werden.

Dankbarkeit in die alltäglichen Momente und Situationen deines Lebens einzubauen bedeutet, deinen Akku aufgeladen zu halten, um in all den schweren Momenten von dieser Energie zehren zu können.

Du musst dich gar nicht groß anstrengen, um Dankbarkeit zu spüren. Wir vergessen nur leicht, wie viele Dinge es gibt, für die wir dankbar sein können. Wenn du dir täglich ins Gedächtnis rufst, wofür du Dankbarkeit empfinden kannst, erscheint deine Welt in völlig anderem Licht.

Schaffe dir ein Bewusstsein für dankbare Momente. Ich bin der festen Überzeugung, wenn wir dreimal am Tag Danke sagen können, aus tiefem Herzen, ist unser Leben kein unglückliches.

Mich unterstützt dabei das Führen eines Journals. In diesem stelle ich Fragen an mich selbst, wofür ich dankbar sein kann. Ich führe das Journal auch, um zu sehen, wie ich denke und wie es mit gerade wirklich geht.

Infos zum Journaling und dieser besonderen Art, ein Tagebuch zu führen, findet ihr ab Seite 114.

Führe dir vor Augen, wie privilegiert wir hier leben: fließendes, warmes Wasser, wann immer du willst, ein warmes Zuhause, Menschen, mit denen du sprechen kannst, ein funktionierendes Sozialsystem in deinem Land.

Erinnere dich, welch schöne Momente du schon erlebt hast. Wie gemütlich das Wochenende war. Welche Bäume und Blumen du auf deinen Wegen siehst. Schau, was du alles für ausgeklügelte, hilfreiche Dinge in deinem Alltag hast.

Sei dankbar für alles, was du geschafft hast!
Statt daran zu denken, was du nicht geschafft hast.

Du kannst sogar dankbar dafür sein, wenn du eine Enttäuschung durchmachen musstest, denn aus dieser kannst du lernen, über dich selbst hinauswachsen und dich außerhalb deiner Komfortzone zu bewegen.

Entscheide dich bewusst dafür, dich auf die positiven Dinge des Lebens zu fokussieren. Begebe dich in Gespräche, von denen du lernen kannst. Umgib dich mit Menschen, die selbst Dankbarkeit leben.

Meide Tratsch, Missgunst, Neid. Diesen Gesprächen wirst du für dein Leben nichts Positives abgewinnen können. Im Gegenteil, es ist wie ein Sog. Man ist, mit wem man ist. Überlege dir also sorgsam und bewusst, mit welchen Menschen du deine Zeit teilen magst.

Sei dankbar, diese Wahl zu haben. Und du hast sie. Sogar bei deiner Familie.

Wieder in Deutschland – Was will ich beruflich machen?

Zum Glück bin ich durch die vielen Veränderungen in meinem Leben flexibel geworden und kann schnell umdenken. Ich habe gelernt, einfach zu schauen, was KANN ich jetzt tun – und nicht daran festzukleben, was mir im Weg stehen könnte. So fing ich an zu arbeiten und hielt mich mit mehreren Jobs finanziell über Wasser. Damit konnte ich alle Kosten tragen, die für den Aufenthalt in Deutschland anfielen.

Neben all den Nebenjobs, die als finanzielle Quelle dienten, musste ich aber auch irgendwie herausfinden, was ich beruflich machen wollte. In der Bibliothek sah ich eines Tages Flyer mit Informationen zum sogenannten freiwilligen sozialen Jahr (FSJ). Ich nahm den Flyer mit und dachte mir: „Was habe ich schon zu verlieren, Dazulernen ist immer ein Vorteil." Nach einem Gespräch in der zuständigen Abteilung nahm ich das Angebot an.

Mein FSJ war auf der Hals-, Nasen- und Ohrenstation einer großen Klinik. Dort merkte ich, dass mir die Arbeit im medizinischen Umfeld wahnsinnig gut gefiel. Mir fiel es leicht, alle Abläufe zu verinnerlichen. Und medizinische Begriffe saugte ich auf wie ein Schwamm. Auf der Station wurden auch Schüler im dritten Lehrjahr ausgebildet und so hatte ich direkten Einblick in die gesamte Ausbildung. Gleichzeitig gab es Gleichaltrige für den Austausch und soziale Kontakte.

War es das? Wollte ich also Krankenschwester werden?

Nach dem FSJ bewarb ich mich um einen Ausbildungsplatz als Krankenschwester in demselben Krankenhaus. Und obwohl ich von allen zuständigen begleitenden Personen in diesem Jahr inklusive Stationsleitung eine hervorragende Bewertung und Empfehlung für die Ausbildung bekam, gab es von der Klinik eine Absage.

Ich kann mich noch sehr gut an diesen Tag erinnern, denn ich verstand die Welt nicht mehr. Da ich mich quasi darauf verlassen hatte, eine Zusage zu bekommen, und mir so sicher gewesen war, hatte ich mich zwischenzeitlich nicht um eine Alternative gekümmert.

Und wieder einmal stand ich da und musste umdenken, überlegen: Was mache ich jetzt? Keine 20 Jahre alt, „alleine“ in einem großen Land ohne elterlichen Support. Doch es war ja genau das, was ich wollte.

Und so beschloss ich einfach das Telefon in die Hand zu nehmen und alle Hals-, Nasen-, Ohren-Praxen abzutelefonieren, um zu fragen, ob sie eine Auszubildende suchten. Die Ausbildungssaison hatte eigentlich schon begonnen. Ich wollte trotzdem versuchen, irgendwo unterzukommen. Mit dem Telefonbuch in der Hand, ja Telefonbuch gab es da noch, rief ich der Reihe nach bei allen HNO-Ärzten an und fragte mich durch. Eine Praxis legte quasi direkt mit dem Kommentar „Das fällt dir aber früh ein“ auf.

Doch bei einer Praxis sollte ich Glück haben. Ich durfte direkt am nächsten Tag zum Vorstellungsgespräch und wurde angenommen. Durch das freiwillige soziale Jahr konnte ich auch ordentlich punkten.

So startete ich direkt in die Ausbildung und hatte zum ersten Mal das Gefühl von „Jetzt komm ich.“ Bis zur meiner ersten Elternzeit bin ich in genau dieser Praxis geblieben. Aufgrund meiner guten Leistung durfte ich sogar gleichzeitig mit allen anderen, die vor mir angefangen hatten, den Abschluss zur Arzthelferin – heute „medizinische Fachangestellte“ – machen.

Im Anschluss absolvierte ich noch eine Weiterbildung zur Hörgeräteakustikerin und eine in Qualitätsmanagement. Ich habe alle Angebote, die mir über den Weg liefen, mitgenommen. Ich wollte mir alle Türen offenhalten und so viel wie möglich lernen. Es passte auch nicht zu meinem Wesen, mich nur auf eine Tätigkeit oder einen Beruf festzulegen, den ich bis ins hohe Alter beibehalten würde. Ich spürte, dass ich noch mehr erreichen wollte.

Erwarte immer das BESTE

Wenn ich nichts erwarte, dann kann ich nicht verlieren! Weit gefehlt. Du hast schon verloren. Diese Einstellung sorgt dafür, dass du niemals das Beste bekommst. Damit bremst du alles aus. Nehmen wir an, du musst einen wichtigen Vortrag halten und du denkst:

Oh so viele Menschen!
Was, wenn ich was vergesse?
Was, wenn sie komisch schauen?

Du machst damit die Situation schon so schlecht, obwohl sie nicht mal eingetroffen ist!

Ergebnis: Du bist total gestresst. Du hast dich schon im Vorfeld sozusagen programmiert. Du fängst an zu stottern und hoffst nur noch, dass es schnell vorbei ist. Lass in der Situation deine Gedanken zum Beispiel so aussehen:

Ich bin gut vorbereitet.
Ich habe was zu sagen.
Ich bin dankbar, dass ich diese Möglichkeit habe,
etwas an diese Menschen weiterzugeben.
Ich bin stolz auf mich.

So pushst du dich selbst, gehst raus und beginnst deine Worte mit einer freundlichen Begrüßung und einer kraftvollen Geste. Dein Auftreten ist selbstbewusst. Du strahlst Stärke aus. Es macht einen gewaltigen Unterschied, wie wir einer Situation und uns selbst gegenüberstehen.

Viel Arbeit, aber endlich unabhängig

Als ich mit 18 wieder nach Deutschland gekommen bin, wohnte ich einige Zeit bei meinem Bruder. Da war natürlich schon der Wunsch, etwas Eigenes zu bewohnen, doch meine Eltern hielten das für keine gute Idee.

Ich war allerdings volljährig und ich hatte früh gelernt, viele Entscheidungen eben auch selbstständig zu treffen.

Ich fand schnell eine hübsche Wohnung und atmete richtig auf! Endlich mein ganz eigenes Reich. Es fühlte sich wunderbar an. Hier konnte ich einfach ankommen, zur Ruhe kommen – mit mir selbst sein und Anlauf nehmen für meine Pläne. Eine WG wäre für mich nicht in Frage gekommen. Ich komme am besten zu mir, wenn ich ganz für mich bin. Erst dann kann ich richtig regenerieren.

Neben der Ausbildung zur Arzthelferin hatte ich weiterhin diverse Nebenjobs, sei es in der Bäckerei oder im Solarium. Was man so macht, wenn man etwas dazuverdienen will. Das Geld war knapp. Im ersten Lehrjahr bekam ich zur damaligen Zeit 377,- Euro Ausbildungsgehalt im Monat. Urlaube oder Führerschein waren für mich nicht drin. Wenn meine Freunde verreisten, blieb ich daheim und machte auch während der eigenen Urlaubstage bzw. in den Ausbildungsferien zusätzliche Stunden in der Bäckerei oder im Solarium.

Und obwohl ich anders lebte als die meisten Gleichaltrigen, war ich innerlich sehr zufrieden. Ich erkannte, dass ich mich sehr gut selbst versorgen konnte. Und das Gefühl gab mir ganz viel Selbstbewusstsein und Kraft. Ich merkte auch, dass es mir nichts ausmachte, alleine zu sein. Ich genoss es sogar.

Alleine sein ist nicht einsam sein

Alleine sein zu können und mir diesen Raum auch zu nehmen, ist für mich wichtig. Punkt.

Von Kindheit an hat man mir suggeriert, dass es nicht richtig ist, gerne alleine zu sein. Aber ich habe mich eigentlich schon immer gut gefühlt, wenn ich alleine war. Da ist kein Gefühl von Einsamkeit. Ich merke eher, wie ich mich regeneriere und meine Energien sich wieder aufbauen. Das geht am besten, wenn ich mich auf nichts anderes konzentrieren muss, mich um keine anderen Bedürfnisse zu kümmern brauche als um meine eigenen.

Mittlerweile ist das für mich normal geworden. Ich weiß, dieser Zustand ist mein ganz persönliches Bedürfnis.

Ich bekam als Kind den Eindruck, dass mit mir und meinem Bedürfnis nach dem Alleinsein irgendetwas nicht stimmt, und versuchte, mich zu ändern, irgendwo reinzupassen, wo ich gar nicht reinpassen wollte. Ich zwängte mich regelrecht in Gruppen.

Mit mehr Selbstvertrauen und dem Erwachsenwerden konnte ich das Ganze viel klarer sehen. Ich verstand, hier geht es um mich und es sollte niemanden stören, wenn ich alleine sein will.

Da ich als Kind schon eine Menge Stress und Aufruhr erlebt habe, war dieser Impuls wahrscheinlich eine Art Eigenschutz.

Mein Körper, meine Nerven brauchten Ruhe, um die Spannungen abzubauen. Jeder erlebt dies anders, aber für mich als hochsensible Person muss es diese Pausen von all dem Trubel und den Eindrücken des Alltags geben. Sonst streikt mein Organismus irgendwann oder meine Emotionen schwappen völlig über.

Letztlich geht es um Balance und Gesundheit. Wenn ein System zu viel Input bekommt und keine Zeit zum Verarbeiten bekommt, streikt es irgendwann.

Ich beachte meine Bedürfnisse heute und ich bin am authentischsten, wenn ich mit mir selbst im Einklang bin. Ich schaffe mir diesen Anker, der mir Raum für Selbstakzeptanz und den Blick nach innen ermöglicht. Erst dann erkenne ich, was mir guttut, von welchen Bewertungen anderer ich mich lösen kann.

All die entstandenen Gefühle und Emotionen bleiben sonst, wenn sie nicht angenommen werden. Sie stauen sich an und irgendwann strömen sie über. Daher sollten wir ihnen Raum lassen, sie anschauen, fühlen – und dann können sie sich lösen.

Glaube, Offenheit und Toleranz

Als ich mit 18 meinen Weg ging, konnte ich mich endlich entfalten. Ich genoss die Freiheit, meinen Lebensstil selbst zu wählen, meine Einrichtung, meine Kleidung, mein Essen. Es war toll zu sehen, dass alles lief. Ich konnte mir ein Leben kreieren, wie ich es mir wünschte. Keiner, der mir reinredete. Niemand, dem ich Rechenschaft schuldig war.

Mein Drang nach Unabhängigkeit war allerdings etwas, das meinen Eltern, die noch in Bosnien waren, nicht sonderlich gefiel. So gab es auch viele Phasen, in denen ich wenig bis überhaupt keinen Kontakt zu ihnen pflegte. Besonders als ich das erste Mal einen deutschen Freund hatte, gab es Widerstand von ihnen.

Es war für sie auch ein Problem, dass ich mich nicht dem islamischen Glauben zuordnen wollte. Meine Familie war nie sehr religiös. Doch die Grundlagen eines ordentlichen muslimischen Lebens galten trotzdem. Das Heiraten, wenn man mit einem Mann zusammen ist, war zum Beispiel so ein Thema. Oder die Frage, welchen Glauben mal meine Kinder haben würden.

Es ist nicht so, dass ich irgendeinen Glauben verurteile. Ganz im Gegenteil, ich respektiere jeden Glauben. Ich befürworte jeden Menschen, der sich in einem Glauben seiner Wahl wiederfindet – solange es friedlich ist. Glaube ist für sehr viele Menschen ein wichtiger Bestandteil ihrer Kraft und Heilung.

Aber ich persönlich fühle mich absolut keiner Religion zugehörig. Ich glaube vor allen Dingen an das, was man selber schaffen kann, an die Kraft in mir selbst. Ich glaube ans Manifestieren. Und ich glaube an etwas Höheres, aber ich möchte das gar nicht mit „Glauben" betiteln. Es ist etwas, das ich direkt erfahre.

Für meine Eltern war so eine Einstellung schwer zu akzeptieren. Trotzdem habe ich angefangen, allen Festen und Feiertagen gleich viel Beachtung zu schenken. Bis heute sind Weihnachten und Ostern genauso Teil meiner Festtagskultur wie

Bayram, die muslimischen Festtage rund um das Zucker- und das Opferfest. Ich bleibe allen Glaubensrichtungen gegenüber offen und so erziehe ich auch meine Kinder.

Als Frau in einer muslimischen Familie aufwachsen

Eine wichtige Prägung in meinem Leben ist die Position, die ich als Mädchen in meiner Familie hatte.

Meine Familie war muslimisch, aber nicht sehr strenggläubig. Es gab keine täglichen Gebete oder religiösen Regeln, nach denen wir lebten. Einzig im Verhältnis zwischen Mann und Frau wurde der muslimische oder auch traditionelle Background sichtbar. Gleichberechtigung war dort noch lange nicht selbstverständlich.

Solange ich mich erinnern kann, galt einfach, dass der Junge in der Familie der Nachfolger ist, derjenige, der Verantwortung übernehmen und für alles sorgen wird. Ich war „nur" das (jüngere) Mädchen. Und diese Überzeugung bekam ich auch zu spüren, umso mehr, als dass ich eigentlich immer gerne aus der Reihe tanzte.

Ich wollte immer schon sehr selbständig sein, ich wollte meinen eigenen Weg gehen. Aber das passte nicht in die Vorstellungen der traditionellen Art und Weise, wie meine Eltern groß geworden sind und ihre Kinder erziehen wollten. Sie hatten aber auch nicht die Nerven, mich immer zu bändigen. Gewisse Freiräume eroberte ich mir einfach.

Mein Glück war das Leben in Deutschland. Denn hätte ich dieses Land nie erlebt, dann hätte ich wohl mit Anfang 20 geheiratet, wäre meinem Mann verpflichtet, egal unter welchen Umständen, und hätte den Zustand ausgehalten, so wie es zahlreiche Frauen in meiner Familie getan haben.

Doch ich hatte schon immer einen sehr starken Willen. Ich wollte Dinge anders machen.

Dazu gibt es eine kleine Anekdote: Als ich um die drei Jahre alt war und mein erstes Fahrrad bekam, wollte ich auf keinen Fall die Stützräder dranbehalten. Ich wehrte mich so lange dagegen, verweigerte sogar das Üben des Fahrens, bis ich meinen Bruder so weit hatte, dass er mir die Räder ohne die Erlaubnis unserer Eltern entfernte. Dann erst lernte ich Fahrradfahren – und hatte für eine Weile Knie, die von Abschürfungen nur so übersät waren. Doch das war mir egal. Ich wollte selbstständig fahren.

In der ersten Zeit, als wir in Deutschland waren, also von meinem siebten bis 14. Lebensjahr, bekam ich viele dieser Ansichten meiner Eltern zu der unterschiedlichen Behandlung von Mädchen und Jungen zu spüren. Mein Bruder durfte sehr viel mehr machen, er durfte in den Sportverein und viel mehr mit Freunden unternehmen. Ich musste häufig zu Hause bleiben. Die Begründung war immer, mir als Mädchen könnte ja etwas passieren.

Es war schwer, meine Eltern umzustimmen. Sie ließen hier nicht mit sich reden. Im Rückblick kann ich sagen, es hatte auch sein Gutes. Ich lernte dadurch, mein Leben auf Ziele auszurichten und mich in Selbstdisziplin zu üben und gleichzeitig für das, was ich möchte, einzustehen.

Ein Mann fürs Leben?

Natürlich hatte ich auch Zweifel, ob ich alles schaffen würde, was ich mir vorgenommen hatte. Probleme bei der Arbeit oder finanzielle Engpässe gingen nicht spurlos an mir vorüber. Doch mit jedem Tag, den ich einfach weitermachte, wurde mein Selbstvertrauen größer und meine Ängste kleiner. Ich sah, dass mein Leben in Deutschland machbar war. Es lag jetzt in meinen eigenen Händen.

Ich war Anfang 20 und die Welt stand mir offen. Diese neu gewonnene Freiheit strahlte ich sicherlich auch aus und so kamen ganz neue Begegnungen zustande. Ich wurde immer kommunikativer und vertraute anderen. Es war kein Wunder, dass ich in dieser Phase einen Mann kennenlernte, der später sogar mein Ehemann wurde.

Das erste Mal sah ich ihn auf dem damaligen sozialen Netzwerk StudiVZ auf einem Bild. Auf diesem Foto war ein Mann mit einem sehr herzlichen Lächeln, was ich sehr sympathisch fand.

Ohne groß darüber nachzudenken, schrieb ich ihn an. Ich hatte doch nichts zu verlieren. Schließlich bietet so ein soziales Netzwerk auch eine gewisse Distanz. Und: Er schrieb quasi sofort zurück. So haben wir erst einmal hin- und hergeschrieben. Nach wenigen Tagen haben wir uns schon getroffen. Ich nahm aber eine Freundin mit. Er hatte seinen Bruder dabei.

Schon bei unserem ersten Treffen hat es bei mir gefunkt. Und ich sah auch schnell mehr in der Beziehung, hab vor meinem inneren Auge schon angefangen zu träumen. Ich spürte, da ist der Wunsch, jemanden an meiner Seite zu haben. Ich wollte mein Leben teilen und wusste gleichzeitig, dass ich auch viel zu geben habe.

Zum Glück war es für ihn genauso. Und es stellte sich heraus, dass wir auch als Persönlichkeiten zusammenpassten. Wir waren beide Anfang 20 und ehrgeizig. Er hat unglaublich viel gearbeitet, war superfleißig. Außerdem war er handwerklich sehr begabt. Das waren Dinge, die ich toll fand. Wir wollten beide etwas im Leben verändern und erreichen.

Da er aufgrund seiner Arbeit zeitweise in einer anderen Stadt wohnte, war es anfangs eine Fernbeziehung. Aber sehr schnell stand fest, dass wir zusammenziehen wollten. Ich traute mich jedoch noch nicht wirklich, diesen Schritt zu machen. So zogen wir beide in ein Wohnhaus in der Innenstadt, jeder für sich in eine eigene kleine Wohnung. Wir waren uns nah und trotzdem hatte jeder seinen eigenen Raum für den Rückzug.

Meine Sorge war zudem, weil ich von Natur aus sehr ordentlich bin, er aber nicht, dass es hier viel Unruhe in der Wohnsituation geben könnte. Ich kann es euch an dieser Stelle verraten: Ja, es wurde definitiv ein Problem im späteren Zusammenleben.

Ein schlimmes Gefühl – und was daraus wurde

In meiner damaligen Beziehung und späteren Ehe gab es eine Problematik, die nach der Geburt unseres ersten Kindes für mich sichtbar wurde.

Mit der Zeit kristallisierte sich für mich heraus, dass ein Teil der Familie meines zukünftigen Mannes teilweise eine ziemlich rechte Gesinnung hatte. Konkret sichtbar und für mich deutlich kam diese Erkenntnis erst viel später. Zum ersten Mal gab es solch ein Indiz jedoch, als ein älteres Mitglied der Familie nach der Geburt unseres Sohnes begeistert und lauthals feststellte, wie schön es sei, dass er blond und blauäugig ist, und wie erfreulich das in früheren Zeiten gewesen wäre.

Mir fehlten die Worte! Ich lächelte, doch ich war innerlich zu geschockt, um das Ganze richtig einzuordnen. Irgendwie redete ich mir ein, dass es ein übler Scherz gewesen sein musste. Ich wollte mich nicht an dem miserablen Kommentar eines alten Mannes festbeißen.

Mir schwante nur sehr langsam, welche Werte für einen Teil diese Familie wichtig waren. Und damit wuchs so ein Gefühl in mir. Ihr wisst vielleicht, wie das ist: Es ist zwar nur unterschwellig da, aber du nimmst es trotzdem wahr.

Später musste ich feststellen, dass ich mir nichts nur eingebildet hatte. Da war ein Gedankengut im Hintergrund, das mit mir eigentlich gar nicht vereinbar war.

Es war immer im Hintergrund und ich habe es oft versucht wegzudrücken. Aber gerade in schwierigen Zeiten spürte ich den Stachel, den Momente wie diese in mir gesetzt hatten, immer wieder deutlich.

Doch die erste Zeit haben wir als Paar und später als Eltern mit unserem Sohn viel Zeit ohne unsere restliche Familie verbracht. Auch meine Eltern waren, muss ich zugeben, nicht begeistert von meiner Wahl meines Partners und Vaters ihres Enkels. Sie konnten es nicht richtig verstehen, warum ich mit ihm mein Leben teilen wollte. Mit einem Menschen, der ihrem gewohnten Kulturkreis so fern war.

Ich werde Mama!

Mit Mitte 20 wurde ich schwanger. Ich habe mich riesig gefreut! Es war vom Gefühl her der richtige Zeitpunkt. Gleichzeitig bin ich der festen Überzeugung, es gibt nicht DEN einen richtigen Zeitpunkt, denn alles kann sich binnen weniger Minuten ändern.

Vor der Schwangerschaft hatte ich immer große Bedenken, ob ich nicht zu viel emotionalen Ballast mit mir herumtrage. All das, was ich als Kind erlebt habe, hat Spuren hinterlassen. Die Erziehung, die ich erfahren musste, war keine, die ich an meine eigenen Kinder weitergeben wollte. Wie bricht man aus diesen Schatten der Vergangenheit aus?

Als ich mich intensiver mit meiner Psyche befasste, wurde mir jedoch klar, dass ich auch ganz viel zu geben hatte. Ich musste nur lernen, mich von Altem zu lösen und der Vergangenheit und den Menschen darin zu vergeben.

All die Erfahrungen, die ich gemacht habe, waren Herausforderungen, an denen ich wachsen durfte. Sie zeigten mir, dass ich stärker bin, als ich je dachte. Und sie zeigten mir, dass ich dadurch ein Stück Lebensweisheit erlangt habe. Ein Kind hatte jetzt Platz in meinem Leben, das wusste ich.

Ich empfand die Geburt meines ersten Kindes als etwas ganz Außergewöhnliches. Mein ältester Sohn hat mich als Mensch komplett verändert. Ich wurde als Frau ein weiteres Mal geboren. Ich weiß, jede empfindet da anders. Aber aus meiner Erfahrung ist es so, dass sich die Perspektive völlig verschiebt. Man erhält einen Blickwinkel, der zuvor nie da war. Den man sich nicht mal vorstellen kann, bevor man ihn einmal einnehmen durfte.

Egal wie sehr ich versuchen würde, jemandem dieses Gefühl der Mutterschaft zu erklären, der/die diese Erfahrung noch nicht gemacht hat, es würde mir mit Worten nicht gelingen. Es ist ein unbeschreibliches Gefühl.

Ich kann nur jeder Mutter ans Herz legen: Dieses erste Mal mit dem ersten Kind erlebt ihr nur einmal. Das kommt nie wieder. Es wird mit den folgenden Kindern anders sein – auch schön, aber eben anders. Manchmal will man schnell wieder in den gewohnten Alltag zurück, wieder am sozialen Leben teilnehmen. Aber das kommt alles schnell genug zurück. Genießt diese ganz besondere Zeit, so gut es geht! Sie ist echt schön.

Wenn euch trotzdem die Decke auf den Kopf fällt, wenn ihr das nicht so fühlt, dann ist das natürlich auch okay. Lasst euch nicht von außen einreden, wie es zu sein hat. Jegliche Konventionen und Normen dürfen in dieser Zeit ausgesetzt werden. Es ist ganz allein eure Zeit mit dem Baby.

Ich habe Treffen, in denen ich mich zu sehr bemühen musste, mit meinem Kind hineinzupassen, irgendwann sein gelassen. Anstatt ständig zu überlegen, wie ich alles so organisieren kann, dass mein Kind andere nicht stört, beschloss ich, dass mein Kind nicht in solch ein Leben passen muss, sondern sich auch mein Leben jetzt weiterentwickelt und ich einen neuen Lebensabschnitt beginne. Sicherlich schloss sich so die ein oder andere Tür, doch viele neue Möglichkeiten entstanden auch daraus.

Vertraut auf eure geheimen Superkräfte!

Es gibt aus meiner Sicht aber auch eine Kehrseite des Mutterseins. Ich möchte nichts romantisieren. Auch wenn ich supergerne Mama geworden bin, gab es noch ein ganz anderes Gefühl, was mit der Mutterschaft geboren wurde: ANGST.

Diese Angst, dass da jetzt dein kleines Wesen ist, wie ein Stück deines Herzens, das sich außerhalb von dir befindet. Und du fühlst, du musst alles dafür machen, dass es diesem Wesen gut geht. Doch du weißt, du kannst gar nicht alles machen, vieles liegt gar nicht in deiner Kontrolle.

Daraus entstand bei mir eine Angst, die mich manchmal richtig gelähmt hat. Jemand aus meiner Familie sagte einmal: „Die Angst, sie wird nicht weniger, aber du wirst lernen, damit umzugehen." An diesen Spruch musste ich oft denken.

Dieser Angst darf man nicht zu viel Raum geben. Sie ist überzogen und von der Gesellschaft geprägt, in der von Müttern eine Art Aufopferung verlangt wird. Doch irgendwann müssen wir unsere Kinder ja auch wieder loszulassen, ihnen Flügel geben, damit sie alleine fliegen können. Diesen Prozess wirklich anzufangen, dem Kind zu vertrauen, sich selbst und den eigenen Fähigkeiten als Mutter zu vertrauen, das war schon mit das Schwierigste für mich in jener Zeit.

Mir half es, mich auf meinen Mutterinstinkt zu verlassen. Wenn ich besorgt war, wie es dem Kind gerade ging, ob ihm zu heiß war, es genug getrunken hatte – es kann sich ja nicht direkt mitteilen –, habe ich mich auf mich selbst besonnen und habe getan, was sich richtig ANFÜHLTE.

Die Generationen vor uns und vielleicht sogar unsere Mütter haben uns oft nicht bedürfnisorientiert erzogen, aber ich wollte das. Und daher ging ich über ins reine Fühlen, um zu interpretieren, wie es meinem Kind geht. Mein Sohn durfte daher auch immer neben mir schlafen. Die Kommentare meiner Mutter, Tanten oder Oma waren mir egal. Ich spürte, dass er das brauchte und es ihm gut tat. Auch mir gab es ein sichereres Gefühl.

Gerade in schwierigen Zeiten, wenn das Kind einen Wachstumsschub hatte und viel weinte, besuchte ich meine Familie gar nicht erst. Es hat mich nur gestresst und meinem Sohn ging es dadurch auch nicht besser.

Da ich gerne alleine bin, habe ich diese Stunden mit ihm absolut genossen. Wir sind viel spazieren gegangen, er im Kinderwagen oder im Tragetuch. Das war eben unsere Welt und damit ging es mir gut und das spürt auch ein Kind.

Dann bin ich relativ schnell ein zweites Mal schwanger geworden. Rückblickend sage ich: zu früh. Mit der Geburt meines zweiten Sohnes wurde das Leben vollkommen auf den Kopf gestellt. Jegliche Routinen, die wir zu zweit etabliert hatten, die ruhigen Stunden, der ganze Flow waren erst mal komplett weg.

Mein zweiter Sohn war in der Babyzeit viel fordernder. Wenn er Hunger hatte, musste SOFORT etwas geschehen. Ich hatte das Gefühl, mein Mutterinstinkt macht Urlaub. So hatte ich also zwei kleine Jungs mit völlig unterschiedlichen Bedürfnissen. Ich dachte nur: „Wie viele Hände brauchst du jetzt?“ Ich habe gefühlt gar nicht geschlafen.

Hier merkte ich zum ersten Mal: Es ist ein Baby, doch jedes Baby ist im Wesen schon von Geburt an eine ganz eigene Persönlichkeit.

Trotz allem durfte ich erfahren: Es geht immer irgendwie. Man kann immer noch ein Stückchen über sich hinauswachsen. Gedanken wie „Das schaffe ich niemals!“ konnte ich immer mehr als schlichtweg falsch erkennen. Ich erfuhr ja jeden Tag, dass es doch ging. Manchmal glaube ich auch, dass Mamas Superkräfte entwickeln.

Meine Methode, in solche äußeren Umstände mehr Ruhe zu bringen und damit selbst in die Ruhe zu kommen, erwies sich als sehr hilfreich. Diese Methode basiert auf Ordnung und dem Aufschreiben.

Ich erstellte in meinem Journal Checklisten und schrieb Stichpunkte für die Tagesabläufe auf. Die Tagesabläufe strukturierte ich dabei gleichmäßig, so dass sich Routinen entwickeln konnten. Ich merkte, wenn ich die Tage auf diese Weise relativ gleich gestaltete, waren meine Kinder viel entspannter.

Mein zweitgeborener Sohn war mir nämlich sehr ähnlich. Er brauchte ganz klare Zeitfenster. Abläufe, die sich immer wiederholten, und er war wie seine Mama, sehr ungeduldig. Mit dieser Verbindung zwischen unseren Gemeinsamkeiten fiel es mir dann doch viel leichter, in unseren Alltag zu kommen.

War das der Schlüssel? Für mich in dieser Situation, wie in vielen anderen, schon.

Das Leben ist am Ende
doch viel einfacher,
wenn man sagt, was
man möchte, und noch
einfacher, wenn man sagt,
was man nicht möchte.

Ich stehe für mich ein

Mit der Geburt meiner zwei Jungs befreite ich mich auch gleichzeitig von der traditionellen Pflicht, die man in meiner Kultur seinen Eltern gegenüber als Respektspersonen hat. Ich habe zu der Zeit begonnen, sehr viele Regeln aufzustellen, an die sich meine Eltern halten mussten, denn es ging nun um das Wohl meiner Kinder. Mein Mutterinstinkt setzte voll ein.

Während ich zum Beispiel in einem Umfeld groß geworden bin, in dem fast jeder rauchte, egal ob Kinder im Raum anwesend waren oder nicht, wollte ich das keinesfalls für meine Kinder. Was einst als normal galt – nämlich Rauchen auch im Beisein von Kindern, obwohl es erwiesenermaßen schädlich ist –, das wollte ich auf keinen Fall weiterführen.

Ich stellte also für meinen Vater, der starker Raucher war, die Regel auf, dass er in Gegenwart meiner Kinder nicht rauchen und nur frisch geduscht zu uns kommen durfte. Schon während der Schwangerschaft sagte ich ihm: „Bei mir wird nicht geraucht. Wenn du mich besuchen willst, musst du das akzeptieren!" Er war sehr verärgert und beschwerte sich, wie ich so mit ihm reden könnte. Ich sei seine Tochter und habe ihm nichts vorzuschreiben.

Doch ich blieb standhaft und machte ihm klar, dass ICH jetzt Mutter sei und die Verantwortung bei mir liege. Ansonsten, machte ich sehr deutlich, könne er seine Enkel nicht sehen.

Was soll ich sagen, es hat gewirkt! Es hat zwar einige Zeit gedauert, bis er diese Regel akzeptiert hat, aber bis heute raucht er nicht mehr in geschlossenen Räumen. Im Beisein der Kinder raucht er auch draußen nicht in ihrer direkten Nähe. Ich habe für diese Änderungen im Familiengefüge gekämpft und mich nicht abbringen lassen, nur weil es eben „schon immer so war". Es ging um die Gesundheit meiner Kinder. Um unser aller Gesundheit. Inzwischen haben sich alle daran gewöhnt.

Ich bin damals oft auf die Barrikaden gegangen. Und ich bin stolz darauf, dass ich mich über die Jahre durchsetzen konnte. Als ich jung war, wurde mir so oft eindringlich klar gemacht, dass ich mich einfach fügen soll und ich eigentlich gar nichts zu sagen habe, weil ich jünger bin – „weil du ein Mädchen bist." Das habe ich nie akzeptiert. Und meine Stimme wurde immer lauter, bis ich gehört wurde, bis ich gerecht behandelt wurde.

Die Prägung durch zwei Kulturen

Dass ich mich so viel gegen Traditionen und Konventionen auflehnte, kam nicht von ungefähr. Es konnte erst durch den Kontrast, den ich im Umgang mit dem deutschen Kulturkreis erfuhr, entstehen. Erst hier kam mir überhaupt die Idee, dass ich solche Kämpfe als Mädchen in meiner Familie gewinnen könnte.

Ich glaube, dieser Umstand, dass ich in zwei ganz unterschiedlichen Kulturen aufwachsen durfte, hat mich am Ende in ganz viele Richtungen gestärkt. Es hat mich bestärkt in meinem Wunsch, meinen eigenen Weg zu gehen. Und dieser Weg vereint das Beste aus beiden Kulturen.

Genau deswegen ordne ich mich so ungern einer bestimmten Sache zu. Ich möchte viel lieber jedem und allem gegenüber offen und empfänglich sein. Schließlich habe ich genau das gelernt: Du kann so viel mitnehmen, so viel erfahren, wenn du offen bleibst für Neues. Und du verlierst so viel, wenn du mit einem Tunnelblick voller Urteile und negativer Gedanken durchs Leben gehst.

Wäre ich nicht nach Deutschland gekommen, dann würde ich heute wahrscheinlich in den gleichen Mustern wie meine Eltern leben. Das wäre meine Zukunft ohne Zweifel, mit Brief und Siegel. Es war einfach die Matrix, in die man dort hineinwuchs, und ich hätte diese Muster ungern, aber doch zwangsläufig weitergeführt. Weil es alles als „normal" galt. So hätte ich ja auch nichts anderes gekannt.

Doch „normal" wurde für mich relativ. Dadurch, dass ich bei meinen Freundinnen in Deutschland ein ganz anderes Bild vom Umgang miteinander in der Familie mitbekam, wurde mein Horizont erweitert. Ich fragte mich, was wirklich normal war und was auch ganz anders sein durfte?

„Normal" bekam eine neue Bedeutung für mich. Und die neuen Perspektiven entsprachen meinem Wesen viel mehr. Ich spürte, dass ich auch solch eine Basis der Gleichberechtigung in meinen Beziehungen haben wollte. Ich wollte auch finanziell unabhängig werden. Selbst wenn es viele Männer – die Art von Männern, die ich bis dahin kannte – vor den Kopf stoßen würde, weil sie vielleicht nicht mit einer starken Frau zurechtkommen würden.

In all der Zeit haben sich meine Erwartungen an eine Partnerschaft natürlich nicht nur durch das Leben in zwei Kulturen verändert, sondern auch durch die Aufarbeitung meiner eigenen Traumata, durch das Hinterfragen von Vorbildfunktionen in meinem eigenen Elternhaus, das Reflektieren meiner selbst und die gemachten Erfahrungen in Beziehungen und Ehe.

Und gleichzeitig muss ich mir an dieser Stelle selbst eingestehen: Ich bin noch nicht da, wo ich sein müsste, um selbst eine gesunde Beziehung zu leben.

Ich musste als Kind so viel Verantwortung tragen, habe mich stets für das Wohl aller in der Familie verantwortlich gefühlt, bin mit Gewalt und der Pflicht, gehorsam zu sein, aufgewachsen. Ich tendiere immer noch dazu, in mir selbst die Schuld für Dinge zu suchen, die nicht gut laufen. Auch dann, wenn es ganz deutlich auf der Hand liegt, dass die Ursache nicht bei mir liegt.

Ich halte zu lange aus, was nicht gut für mich und auch mein Gegenüber ist. Eine Partnerschaft ist nicht auf Augenhöhe, kann nicht wachsen, wenn man sich stets für alles alleine verantwortlich fühlt und versucht, jeden Missstand mit noch mehr eigener Energie, Geduld, Rücksicht, Verständnis auszugleichen, auch wenn man damit über seine eigenen Grenzen geht.

Eltern von zwei Kindern – Meine Familie, deine Familie

Solange wir beide unter uns waren, lief meine bzw. unsere Ehe überwiegend harmonisch und stabil. Alles was nicht lief, versuchte ich ansonsten auszugleichen. Doch ich bemerkte, dass sich Probleme ergaben, wenn mein Mann bei seiner Familie gewesen war. Nach einem Besuch bei sich zu Hause kam er jedes Mal ein wenig verändert zurück, hatte andere Ideen, war gereizt oder redete gar nicht mit mir.

Rückblickend verstehe ich es. Letztendlich war es für ihn wahrscheinlich auch nicht leicht. Er saß immer zwischen zwei Stühlen. Die Vorstellungen, die er von seiner Familie mitbrachte, waren einfach zu verschieden von seinem Leben mit mir. Seine Familie hatte sich eine andere Zukunft für ihn vorgestellt. Und wenn man sich von dieser Vorstellung im Erwachsenenalter nicht lösen kann, dann steht man bewusst oder unbewusst immer in der „Schuld".

Dort gab es große Pläne für den Sohn und da passte die Frau mit Migrationshintergrund – die dem Sohn relativ schnell zum Papa machte – überhaupt nicht ins Konzept. Es wurde mir in einem Gespräch sogar unterstellt, ich sei absichtlich schwanger geworden.

Ich glaube, die Familie meines damaligen Mannes fand mich auch einfach zu laut und zu direkt. Ich bin jemand, der gerne klar sagt, was er denkt und durchaus auch mal Kontra gibt. Mein Mann war das Gegenteil. Wenn also Erziehungstipps von der Schwiegermutter kamen, die ich nicht gut fand, dann habe ich einfach gesagt: „Ja, früher war das vielleicht so, aber das heißt nicht, dass es besser ist. Das ist mein Kind und ich werde es so erziehen, wie ich es vom Gefühl her für richtig halte."

Achte darauf, was du tolerierst. Damit gibst du den Leuten vor, wie sie dich behandeln können.

Warum habe ich geheiratet?

Ja, wir haben damals geheiratet, denn wir hatten ja schließlich zwei Kinder und schließlich „macht man das doch so“ oder? Und natürlich dachte ich, es ist die Liebe meines Lebens. Wir können alle nicht die Zukunft vorhersehen.

Doch natürlich sollte man nicht heiraten, weil andere heiraten, weil man es eben so macht. Das ist mir aus heutiger Sicht klar.

Diese Ehe war zum Scheitern verurteilt, denn zwischen uns waren so viele Unterschiede, die quasi einen Keil zwischen uns trieben. Vielleicht hätte man eine Trennung auch vorhersagen können. Ich wollte das aber nicht sehen und war der Meinung: Das wird schon, ich mache einfach noch mehr, ich passe mich noch mehr an. Gleichzeitig war da der Wunsch, eine eigene Familie zu haben, nicht alleine im Leben zu sein.

Damals hörte ich bei mir selbst noch nicht genug auf mein inneres Gefühl. Ich bin mit dem Glaubenssatz aufgewachsen, man benötigt einen Mann im Leben. Es wurde mir mitgegeben. Und so wurde das Thema Heirat auch mehr von meinen Eltern angestoßen, beziehungsweise von meiner Mutter.

Sie meinte nach der Geburt meines zweiten Sohnes immer häufiger, dass es sicherer sei zu heiraten. Sie gab mir zu bedenken, was geschehen könnte, wenn einem von uns etwas passiere würde usw. Was gleichzeitig meine Angst aktivierte, die ich als Mutter verspürte.

Relativ spontan haben wir also gesagt: Okay, wir heiraten – Punkt. Und so fing ich an, eine Hochzeit zu planen. Und je mehr ich plante, desto mehr merkte ich: Eigentlich will ich das doch gar nicht. Irgendwie fühlte es sich falsch an.

Anstatt die Hochzeit abzusagen, entschied ich mich für eine kleine Hochzeit, keine große Feier. Wie paradox, ich wollte wohl das Ausmaß, was ich fühlte, kleiner halten.

So gingen wir zum Standesamt und anschließend gab es ein wirklich schönes Fest mit den engsten Freunden und Verwandten. Ich trug kein klassisches Brautkleid, aber dennoch ein weißes Kleid, das schlicht und eher kurz war.

Mit dem erworbenen Wissen, den Erfahrungen, die ich in dieser Ehe und auch bei der späteren Scheidung gemacht habe, würde ich nicht noch einmal heiraten und ich habe …

Aber lest selbst!

Damals habe ich mich zu stark von äußeren Erwartungen leiten lassen.

Ich kann heute nur jeder und jedem raten: Heiratet auf keinen Fall, nur weil es erwartet wird, weil jemand sagt, es sei so richtig. Eine Ehe ist eine stärkere Bindung auf allen Ebenen, der emotionalen, der gesellschaftlichen und der bürokratischen.

Eine Ehe verfestigt euer Zusammenleben auf gravierende Weise. Und sie lässt sich nicht so leicht wieder lösen, falls es doch nicht der oder die Richtige ist.

Um den richtigen Partner fürs Leben zu finden, musst du selbst mit dir im Reinen sein. Denn nur dann ist dein Partner nicht eine Notwendigkeit, er ist nicht deine Rettung aus der Einsamkeit, er ist nicht da, um eigene Bedürfnisse zu stillen. Er ist dann der Richtige, wenn dieser Partner eine freie Wahl ohne Dringlichkeit ist, keinesfalls die Lösung für einen Missstand.

Ich kann heute nur jeder und jedem raten: Heiratet auf keinen Fall, nur weil es erwartet wird, weil jemand sagt, es sei so richtig. Eine Ehe ist eine stärkere Bindung auf allen Ebenen, der emotionalen, der gesellschaftlichen und der bürokratischen.

Du musst mir dir selbst und alleine glücklich sein. Wie sehr das jeder für sich sein kann, hängt von so vielen Faktoren ab. Unser inneres Kind spielt dabei eine sehr wichtige Rolle.

Rückblickend auf meine Beziehungen – und ich hatte stets viele Jahre währende Partnerschaften – sprach mich immer ein bestimmter Typ Mann an: Der Mann, den ich retten kann. Der Mann, der mich braucht, der Mann, der alle typischen Verhaltensmuster, die ich als Kind erfahren hatte, mitbrachte. Diese waren für mich bekannt und gaben mir Sicherheit.

So waren wir aber nie auf Augenhöhe. Ich rutschte mit dieser Wahl selbst in eine große Verantwortung, Verantwortung für einen anderen erwachsenen Menschen, und verlor damit den Partner, der mich auch auffangen konnte.

Versuche nicht,
das Verhalten der
Menschen um dich
herum zu kontrollieren.
Lass sie machen, was sie
wollen, damit du sehen
kannst, wie sie sich
wirklich verhalten, denn
das wird all deine Fragen
beantworten.

Veränderung beginnt in dir – vor der Ordnung war das Chaos

In den letzten dreieinhalb Jahren meines Lebens ist viel in mir passiert. Vor diesem Zustand bin ich quasi immer weggelaufen. Jedes Mal, wenn diese Gedanken aufkamen, und das taten sie immer häufiger, verdrängte ich alles. Ich reduzierte meine eigene innere Stimme auf ein Minimum.

Doch sie wurde immer lauter und schließlich fingen körperliche Symptome an, sich zu zeigen. Ich war damit gezwungen, auf Ursachenforschung zu gehen, und nach den medizinischen Terminen fand ich mich erneut auf dem Stuhl meines Therapeuten wieder.

In diesen Gesprächen war ich sehr deutlich, in dem, was ich will, was ich nicht mehr will, was mich verletzt, was ich fühle, wie ich mich in der Zukunft sehe. Doch kaum war ich wieder zu Hause, wurden diese Gedanken immer kleiner und ich schob alles beiseite und sagte mir: Es wird schon werden.

Es konnte aber nicht werden, denn so viele Dinge sind passiert. Um „zu werden" hätte ich jegliche Selbstachtung und Eigenliebe, die ich mir mühsam über viele Jahre aufgebaut habe, ablegen müssen. Als ich das begriff, war für mich klar, was ich tun muss.

Wer sich nicht bewegt, spürt seine Fesseln nicht. Ich war gefangen im Denken. Es waren Gedanken wie: Was werden die anderen sagen? Du trennst dich schon wieder? Warum bist du nicht beziehungsfähig? Was stimmt denn nicht mit dir? Halte doch einfach aus. Wie sagst du es den Kindern?

Mir ist heute klar, ich werde in meiner aktuellen Partnerschaft so auch niemals zur Ruhe finden. Und auch mein Partner nicht. Meine Kinder unter diesen Umständen auch nicht.

In einer Therapiestunde erzählte ich von der Zeit als Kind und dass sich meine Eltern täglich gestritten haben. Mein Therapeut stellte die einfachste Frage, die man in so einer Sitzung stellen kann: „Wie haben Sie sich dabei gefühlt?" Und ich sagte ohne zu überlegen: „Ich habe mir immer gewünscht, dass sie sich trennen und endlich jeder für sich glücklich wird." Dann herrschte Stille.

Therapie ist Hilfe zur Selbsthilfe und ich hatte die Antwort auf meine Probleme.

JOURNALING: ORDNUNG INS KOPFCHAOS BRINGEN

Ein paar Mal hast du jetzt schon gelesen, dass ich gerne Dinge aufschreibe und auch den Ratschlag gebe: Schreib es auf! Mir hilft das Aufschreiben extrem, um Ordnung in meinen Kopf zu bringen. Selbstfürsorge kann durch das Journaling super unterstützt werden und hilft dir, dich selbst zu reflektieren.

Unsere eigenen Gefühle finden viel zu wenig Platz in unserem Alltag. Wir fragen stets alle um uns herum, wie es ihnen geht. Aber uns selbst fragen wir das nicht oft genug! Das Journaling ist eine gute Methode, sich selbst abzurufen. In sich reinzuhören, zu fühlen.

Schon mit Mitte 20 habe ich mir angewöhnt, klassisches Tagebuch zu führen. Später habe ich das Schreiben immer mehr in meinen Alltag integriert. Es gehörte irgendwann einfach dazu wie das Zähneputzen und war nicht mehr wegzudenken.

Dieses direkte Schreiben mit der Hand, das Gedanken von deinem Kopf über die Schrift auf ein Blatt Papier bringt, ist so hilfreich und befreiend. Es ist nicht zu vergleichen mit dem Tippen auf dem Smartphone o. Ä.

Am Anfang waren es erst mal nur Notizen. Ich habe quasi meinen Alltag strukturiert, um alles aus dem Kopf rauszuhaben, um nicht immer abrufen zu müssen, was noch zu tun ist.

Dann bin ich dazu übergegangen, in meinem Journal Fragen an mich selbst zu stellen:

Wie geht es mir gerade?
Was fühle ich?
Wie möchte ich mich heute fühlen?
Wofür bin ich heute dankbar?
Was war heute mein schönster Moment?
Worauf bin ich heute stolz?

Ich kann auf diese Weise präventiv drauf achten, wie es mir geht. Das Journaling ist für mich so wichtig, weil ich hier ganz ehrlich mit mir selbst sein kann, sein muss – sonst macht es keinen Sinn. Beim handschriftlichen Schreiben ist das einfacher. Hier fließt aus dem Herzen in die Hand und schließlich aufs Papier, wie es WIRKLICH in dir aussieht.

Es ist immer die Reihenfolge: Ist-Zustand, Ursache und gewünschter Zustand.

Wie ist der momentane Ist-Zustand?
Wie kam es dazu?
Was kann ich tun, damit es mir gegebenenfalls anders geht?

Das Ganze muss nicht viele Seiten in Anspruch nehmen. Es können auch stichwortartige Fragen und Antworten sein. In jedem Fall bringt es Transparenz in deine Gedanken. Beim Schreiben merkt man auch oft erst, wie groß oder wie klein ein Problem überhaupt ist. Zudem nimmst du dir dabei bewusst Zeit für dich.

Ein Journal kann dich auch dabei unterstützen, dir neue Gewohnheiten anzueignen und den Prozess für dich zu protokollieren.

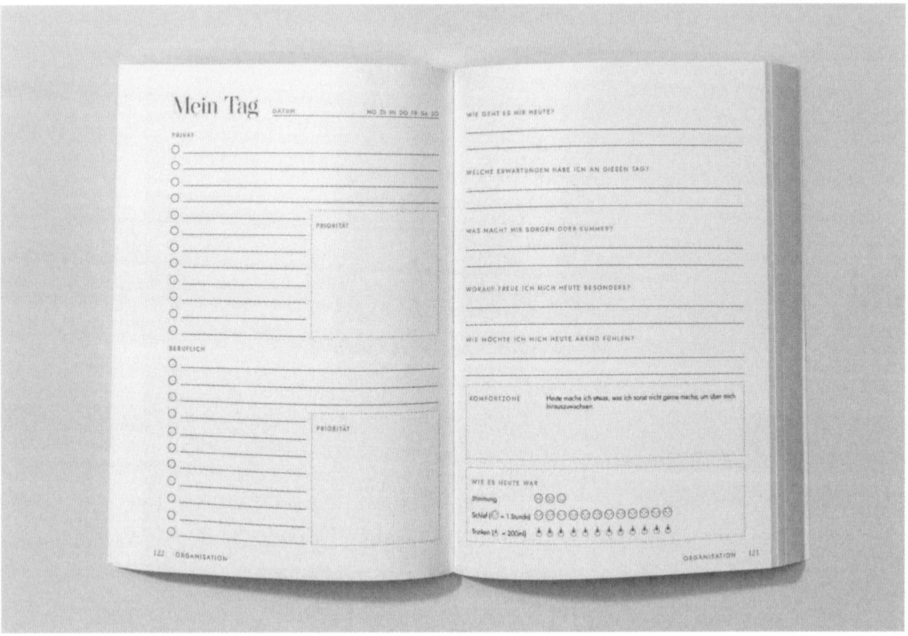
Mein Tag
ORGANISATION
ORGANISATION

3 Fragen an mich
Ein Brief an mich

Mit dem Ehemann zusammenarbeiten – meine ersten Erfahrungen

Zurück in die Zeit, in der ich noch an meine Ehe glaubte: In meiner zweiten Elternzeit machte ich mich selbstständig. In meinen erlernten Beruf als Arzthelferin wollte ich nicht zurück, da die Arbeitszeiten nicht zu meinen Vorstellungen als Zweifachmama passten und es für mich nicht in Frage kam, meine zwei Jungs so früh schon in einer Kindertagesstätte betreuen zu lassen. So arbeitete ich meist abends, wenn die Kinder am Schlafen waren.

Auch wenn es eine sehr herausfordernde Zeit war, habe ich mich bewusst dafür entscheiden und zog es durch. Gleichzeitig hatte ich nun allerdings gar keine Zeit mehr für mich selbst. Was davor am Abend eine kleine Auszeit für mich gewesen war, wurde nun zu meiner Arbeitszeit.

Nach einem Tag mit zwei Jungs unter drei Jahren begann ich also jeden Abend mein kleines Handmade-Business mit selbst genähter Kleidung. Ganz ehrlich – ohne Konzept und Plan. Ich tat einfach das, was ich so gut kann: intuitiv handeln und wandelbar bleiben.

Zu meiner Überraschung war das, was ich nähte, sehr beliebt. Es kamen immer mehr Bestellungen rein und ich erweiterte meinen Maschinenpark, um mehr Service anbieten zu können. Meine Facebook-Fanseite wuchs und ich selbst wuchs mit dieser neuen Herausforderung auch ein kleines bisschen im Inneren.

Auch wenn ich teilweise abends neben der Nähmaschine einschlief, bis mich das Babyphone aus dem Schlaf riss, es machte mich unsagbar glücklich, dass Menschen die Kleidung kauften, die ich designed und genäht hatte. Zu Beginn umfasste mein Sortiment überwiegend Kleidung und Accessoires für Kinder bis zum Kindergartenalter. Vom Hoodie bis zur Jeans, vom Rock bis zum Strampelanzug war alles dabei.

Mein Erfolg blieb natürlich nicht ungesehen und fiel auch meinem Mann auf. Da er oft größer als ich dachte, schlug er immer wieder vor, „wir" sollten doch von den genähten Produkten weggehen und direkt das Grundprodukt verkaufen – also den Stoff und das Zubehör zum Nähen.

Ich war der Idee nicht abgeneigt, gleichzeitig hatte ich das Gefühl, man nimmt mir etwas weg. Denn ich hatte so viel Zeit neben den Kindern in dieses Business investiert, teilweise kaum geschlafen und kaum Freizeit gehabt.

So hatte ich etwas Sorge, solch ein Projekt mit ihm umzusetzen. Es war auch ein Risiko. Er selbst befand sich in einem guten Angestelltenverhältnis, sein Einkommen war eine sichere Einnahmequelle. Eine Selbstständigkeit für uns beide mit zwei kleinen Kindern war mir zu unsicher.

Ich hatte auch einfach Angst vor dieser Verantwortung, denn der Erfolg lastete mehr auf meinen Schultern. Es war schließlich mein Business, während er mit Nähen und Stoffen bis dahin nichts zu tun gehabt hatte. Zu dem Zeitpunkt konnte ich nicht abschätzen, wie gut ich über einen längeren Zeitraum alles managen würde. Ich wusste nicht, ob ich weiterhin den Geschmack der Käufer treffen würde.

Letztendlich wurde mir die Entscheidung abgenommen. Mein Mann kündigte in seinem Unternehmen auf seinen ganz alleinigen eigenen Wunsch und meinte: „Wir machen das jetzt zusammen."

Mit gemischten, teils ängstlichen, teils freudigen Gefühlen lenkten wir dieses noch neue Projekt also gemeinsam in eine andere Richtung. Mir war zwar immer noch etwas mulmig zumute, aber andererseits war die Zusammenarbeit wirklich erst einmal super. Mithilfe einer finanziellen Unterstützung der Familie kauften wir das erste schöne Stoffsortiment.

In der Übergangszeit wurde die Arbeit natürlich wieder mehr, denn da waren Kunden, die Genähtes kaufen wollten, und gleichzeitig musste sehr sanft das Produktsortiment erweitert werden. Ich wusste, mit dem Nähen auf Bestellung würde ich irgendwann aufhören müssen, denn ich war damit ja auch direkte Konkurrenz für die Kunden des Stoffsortiments.

Wir schafften diese Umstrukturierung wirklich gut. Ich war positiv überrascht. Unser Onlineshop wurde erfolgreich.

Zum ersten Mal hatte ich das Gefühl, dass ich jemanden gefunden hatte, mit dem ich gemeinsam an einem Strang ziehen kann. Jemand, der solche Projekte mittragen wollte, der ebenso begeistert war wie ich und aktiv mitgestaltete, sich tatkräftig einbrachte.

Hinzu kam, dass mein damaliger Mann nun viel mehr zu Hause war. So konnten wir nachmittags gemeinsam die Kinder abholen, etwas mit ihnen unternehmen, für sie da sein. Wir konnten beide noch nebenher Sport machen. Es gab genügend Zeit für die Familie, für uns als Paar – und als toller Nebeneffekt entwickelte sich das Geschäft prächtig weiter.

Selbstfürsorge – vor allem auch als Mutter!

Sorgt für euch selbst. Nur so könnt ihr für andere sorgen. Das ist eine ganz einfache Rechnung.

Trotzdem haben hier viele noch kein Augenmerk darauf. Wenn wir Mütter werden, ist es sogar noch schwieriger. Denn jetzt kommen wir in die Rolle der Fürsorgerin. Wir haben ein hilfloses Baby, das uns braucht. Aber das Baby braucht eine fitte Mutter. Es braucht eine Mutter, die gesund ist.

Daher ist Selbstfürsorge – besonders als Mutter – essenziell! So wie wir auf uns selbst achten, so leben wir es ja unseren Kindern vor. Und sie sollen Selbstliebe und Selbstachtung lernen. Wenn ich immer nur alles zum Wohl anderer mache, brauche ich mich nicht wundern, wenn meine Energie immer weiter sinkt.

Umso mehr du dich um andere kümmerst, desto mehr wird von außen auch gefordert werden. Und wenn du dann nicht gut darin bist, dich um dich selbst zu kümmern, wirst du über kurz oder lang kaputtgehen.

Denn niemand außer dir selbst wird auf dich achten. Du musst das selber tun! So zeigst du anderen Menschen, wie du geliebt, geschätzt werden möchtest. Das ist etwas, was viele noch lernen müssen.

Manchmal erhalte ich Kommentare, die in etwa so klingen: „Wie kann es sein, dass Männer sich für Frauen entscheiden, die nicht alles für sie aufopfern, sondern zuerst an sich denken?“ Ich schreibe dann gerne drunter:

„Den eigenen Selbstwert zu kennen, ist wichtig für eine Partnerschaft. Sonst gibt es nach der Verliebtheitsphase nur Enttäuschung auf beiden Seiten. Niemand kann immer nur geben.“

Mein Problem ist, dass mir von klein auf beigebracht, ja sogar eingetrichtert wurde, dass ich als Mädchen für andere da sein muss. Ich muss mich kümmern. Und so neige ich in schwierigen Lebenssituationen dazu, jegliche Lücke aufzufüllen, und wenn jemand etwas nicht will oder kann, einfach zu übernehmen. Ob ich das leisten kann, ob mich dieser Zustand vielleicht sogar verletzt, beachte ich dabei nicht.

So schlich sich dieses Muster auch bei der damaligen Arbeitssituation mit meinem Mann ein. War er nicht da oder vergaß er etwas, übernahm ich. Anfangs wortlos, denn wir waren ja ein Team. Später erinnerte bzw. informierte ich ihn, dass ich nun auch seine Aufgaben teilweise übernommen hatte. Am Ende ärgerte ich mich mehr über mich selbst als über ihn, doch ich machte weiter.

Zu diesem Zeitpunkt sah ich keine andere Option. Und zum ersten Mal kam auch dieses Gefühl wieder hoch, das ich zu Beginn unseres gemeinsamen Business-Projekts gehabt hatte: ob wir nicht zu unterschiedlich sind, um zusammenarbeiten zu können.

Meine Selbsterkenntnis zu diesem Thema wurde erst durch die Gesprächstherapie für mich sichtbar. Aber die Erkenntnis ist noch keine Veränderung. Ich kann dieses Muster nicht einfach abstellen, es ist etwas, woran ich noch lange „arbeiten“ werde.

Nebeneinanderher leben

Wir arbeiteten so viel, dass wir teilweise nur noch funktionierten. Unsere Beziehung blieb dabei immer mehr auf der Strecke. Und irgendwann merkte ich, dass wir als Team einfach NICHT mehr funktionierten. Unser Zusammenleben verlief mehr und mehr parallel. Zwischen uns war eine Kluft entstanden. Manchmal schwiegen wir uns tagelang einfach an. Waren im selben Raum und guckten uns nicht mal an.

Allerdings suchte ich in passenden Momenten immer wieder das Gespräch. Doch dies fiel ihm nicht leicht, wahrscheinlich ahnte er selbst, worauf es langfristig hinauslaufen sollte. Immer, wenn ich mit ihm darüber reden wollte, machte er einfach die Schotten dicht und kommunizierte noch weniger mit mir. Frustriert stürzte ich mich nur noch mehr in die Arbeit.

Von den Kunden, Mitarbeitern und Händlern bekam ich wunderbares Feedback. Das tat meiner Seele wirklich gut. Doch zum ersten Mal fühlte ich mich wirklich einsam. Ich fühlte mich wie in einem goldenen Käfig. Irgendwie hatte ich alles, doch es fühlte sich nicht vollständig an.

Mir wuchs unser Projekt mehr und mehr über den Kopf. Es war deutlich, dass wir persönliche Dinge aufzuarbeiten hatten. Ich sprach das Thema immer wieder an. Irgendwann schlug ich vor, dass wir uns professionelle Hilfe holen und eine Eheberatung machen sollten. Doch er machte innerlich weiter zu.

So blieb es zuerst bei Auseinandersetzungen mit anschließendem Verdrängen und jeder kochte sein eigenes Süppchen, während das Unternehmen weiterlief. Wir lebten nebeneinander her. Jeder machte seinen eignen Sport, sah die Kinder zu einer anderen Zeit, arbeitete, wenn der andere gerade Feierabend machte ...

Das führte letztlich nur dazu, dass wir uns noch mehr auseinanderlebten. Ich hatte das Gefühl, dass wir als Paar gar nicht mehr funktionierten, vor allem emotional.

Besonders deutlich wurde dies, als wir zusammen im Urlaub waren. Da war eine große Leere. Wir hatten uns eigentlich gar nichts mehr zu sagen. Ich dachte nur: „Was machen wir hier eigentlich?"

Ich glaube, dies war die Zeit, in der ich zum aller ersten Mal ganz deutlich eine Trennung ansprach.

Ein Schicksalsschlag – Pause von allem

Nachdem ich die Möglichkeit einer Trennung zum ersten Mal angesprochen hatte, formte sich dieser Gedanke weiter in mir aus. Etwas in mir begann bereits, sich zu trennen oder hatte sich vielleicht schon getrennt, und ich fing an, das zu akzeptieren.

Doch nach außen hin war unser Alltag turbulent wie eh und je. Die Arbeit und die Kinder nahmen unsere gesamte Aufmerksamkeit ein. Erst als ein extremer Schicksalsschlag die Familie meines Mannes traf, gab es eine starke Unterbrechung aller Abläufe und der Gedanken in meinem Kopf.

Ein sehr junges Familienmitglied verstarb sehr plötzlich. Es war ein Schock für die ganze Familie. Plötzlich standen alle Uhren still. Keiner konnte es fassen. Ich erinnere mich genau, wie ruhig in diesen Tagen das ganze Haus schien. Auch alle Probleme innerhalb der Familie wurden beiseitegeschoben und alle kamen zusammen, um sich gegenseitig zu unterstützten.

Natürlich brachte mich dieses schlimme Ereignis zum Nachdenken. Ich spürte plötzlich wieder, wie kostbar ein Leben ist. Mit diesen Gedanken kamen auch Zweifel. Ich fragte mich, ob eine Trennung wirklich die Antwort auf unsere Probleme sein konnte. Ob ich nicht zu viel wollte. Ob, das was ich wollte, überhaupt existierte. „Bin ich das Problem?"

Sollte ich mich nicht besser darauf besinnen, wie dankbar ich dafür bin, zwei gesunde Kinder zu haben? Wollte ich zu viel von dieser Beziehung? Sollte ich mich mehr darauf fokussieren, was wir eigentlich hatten, anstatt auf das, was wir nicht hatten?

Dadurch, dass ich direkt mitbekam, wie schnell und unbarmherzig einem eine geliebte Person genommen werden kann, hatte ich das Gefühl, dass ich undankbar dem Leben gegenüber war. Ich fühlte mich schuldig. Das Ereignis ließ mich in all meinen Zweifeln innehalten. Ich stellte meine ganzen Zweifel und Gefühle hintenan und motivierte mich, dieser Ehe doch noch eine Chance zu geben.

Die Einsamkeit blieb aber. Ich dachte mir: „Das ist vielleicht der Preis, den du für dieses schöne Leben mit deinen Kindern zahlen musst. Finde dich damit ab!"

Ein eigenes Ladengeschäft

Vieles redete ich mir sicherlich schön, weil ich es auch unbedingt wollte. Allerdings kamen im Verlauf der Zeit neue Faktoren hinzu. Mein damaliger Mann wurde jetzt zunehmend ehrgeiziger. Er sah den Erfolg, den wir hatten, und wollte noch mehr. Er wollte größer werden, wollte expandieren. Seine Idee: Er wollte einen lokalen Handel in der Innenstadt.

Ich dachte einerseits, was für eine tolle Vorstellung. Andererseits hielt sich meine Begeisterung in Grenzen. Die Kinder waren noch so klein und wie es halt so ist, irgendwas ist immer: Sie werden krank, du verbringst schlaflose Nächte, der Kindergarten fällt aus … Da ich im Prinzip „das Gesicht" des Unternehmens war, wollte ich nicht noch mehr Verantwortung und Stress.

Ich war bewusst aus dem Angestelltenverhältnis ausgetreten, um mich eben nicht fest an bestimmten Arbeitszeiten orientieren zu müssen. Ein Laden hat aber feste Öffnungszeiten. Mit einem Onlineshop bist du flexibler.

Trotzdem muss ich zugeben, dass es mich auch reizte, einen eigenen Laden zu haben. In meinem Kopf malte ich mir immer mehr aus, was wir alles umsetzen könnten. Ich begann für das Projekt zu brennen, das ursprünglich ich ins Leben gerufen hatte. Deshalb habe ich schließlich mitgezogen. Der Erfolg sprach für uns, für unsere Kompetenz und Effizienz.

Mit dem neuen Ladengeschäft und der Vergrößerung unseres Unternehmens kamen eine Menge neue Aufgaben auf uns zu – Aufgaben, die mir riesigen Spaß machten! Wir suchten ein schönes Ladengeschäft aus, ich stattete es aus, dekorierte nach Lust und Laune. Während in meinem Kopf alles Gestalt annahm, verbrachte ich Monate mit diesen kreativen Vorbereitungen.

Dann erarbeitete ich ein Marketingkonzept, bestimmte die Zielgruppe und plante alle Abläufe etc. Es machte Spaß und stellte sich als meine Stärke heraus. Ich legte mein ganzes Herzblut in dieses Projekt. Ich konnte meine Kreativität richtig ausleben, dem Ganzen meinen persönlichen Touch verleihen und einen tollen Rahmen für alle Nähbegeisterten schaffen. Und das Feedback der Kunden war überwältigend.

Die Schattenseite war: Mein Mama-Herz blutete auch gleichzeitig, denn nun mussten die Kinder bis in den Nachmittag in den Kindergarten. Auch wenn sie dorthin gerne gingen, für mich fühlte sich das nicht gut an.

Doch jetzt gab es kein Zurück mehr. Es gab nun Herausforderungen wie das Management der Mitarbeiter, buchhalterische und betriebswirtschaftliche Prozesse etc. So kamen eine Menge Überstunden zusammen. Auch wenn der Laden brummte, machte sich die größere Arbeitslast bemerkbar. Und die Zusammenarbeit mit meinem Mann, die einst so glatt verlaufen war, holperte wieder mehr und mehr.

Immer häufiger musste ich ihn an Aufgaben erinnern und Fehler seinerseits abfangen. In den Bereichen, für die er zuständig war, nämlich das Business im Hintergrund, Personal und Buchhaltung, gab es zunehmend Ausfälle und Verzögerungen, was alle Abläufe erschwerte. Manchmal stimmten die Arbeitspläne nicht und keiner kam zur Arbeit, andere Male wurde die Buchhaltung nicht richtig oder verspätet abgegeben.

Keiner ist fehlerfrei. Wir alle können uns auch mit neuen Aufgaben überfordert fühlen. So ging es mir zahlreiche Male auch. Doch dann geht man ins gemeinsame Gespräch und sucht nach Lösungen. Genau das fehlte mir hier.

Auch wenn ich diese Fehler auffing und zum Beispiel oftmals für fehlendes Personal einsprang, so häuften sich doch die Reibungen und Differenzen zwischen uns. Es baute sich mehr und mehr Distanz zwischen uns auf. Denn die Probleme, die wir im Geschäft hatten, nahmen wir mit nach Hause. Wir stritten uns viel.

Eine Zeit lang lief es so weiter, der Erfolg war da und wir konnten gut von den Einnahmen leben. Mit zwei Kindern im Gepäck blieb ansonsten wenig Zeit für eine gründliche Reflexion der Situation.

Als mein Mann eine weitere Vergrößerung des Unternehmens ansprach, zog ich allerdings die Reißleine. Mir war sofort bewusst, dass so etwas für mich nicht in Frage kam. Er wollte größer werden, einen weiteren Laden eröffnen. Doch ich merkte, das Ganze läuft in eine falsche Richtung. Geschäftlich wie privat.

Damit kamen auch wieder die Gedanken an eine Trennung in mir hoch. Auch wenn mir eine Trennung jetzt noch schwieriger erschien als zuvor. Wie sollte eine Trennung möglich sein, wenn man gemeinsam lebt, gemeinsam arbeitet und gemeinsam zwei Kinder hat?

Dunkle Wolken am Horizont

Ein weiteres Jahr verging. Wir arbeiteten weiterhin viel und brachten das Unternehmen voran. Die Leere zwischen uns war dabei nicht mehr zu übersehen. Wir lebten jeder vor sich hin und ich fühlte mich einsam. Als wäre ich eigentlich ganz allein in diesem Leben unterwegs. Für mich war es nicht genug, ständig nur noch über das Geschäft zu reden. Es schien uns als Paar gar nicht mehr zu geben.

Viele Gefühle hatte ich durch die Arbeit kompensiert, durch die Kreativität, durch die vielen netten Kontakte, die ich knüpfen konnte. Es schien fast so, je schlechter es in der Ehe lief, desto erfolgreicher war ich im Geschäft. Wie sagt man so schön, Pech in der Liebe, Glück im „Spiel". Die Arbeit war mein Spiel.

Nachdem ich merkte, wie sehr und wie lange mir echter tiefer Austausch gefehlt hatte, stand für mich das Thema Trennung endgültig im Raum. Ich sprach es immer wieder an, erklärte meinem Mann, dass es mir dieses Mal ernst sei. Schließlich gingen wir endlich zu einer Eheberatung.

Größtenteils teilte ICH mich dort mit, sprach und erzählte, während mein Mann quasi gar nichts dazu zu sagen hatte oder die Situation beschönigte. Er meinte, er wüsste nicht, was er sonst noch sagen sollte. Es sei doch alles in Ordnung.

Es war für ihn in der Beratung überhaupt nicht möglich, mit mir in einen Austausch zu gehen. Für mich wurde damit glasklar, dass die Ehe am Ende war, schon lange.

Ich tat mich trotzdem schwer damit, den Schlussstrich zu ziehen. Denn er stellte sich weiterhin quasi quer und tat, als wäre nichts. Diese Zeit zog die Trennungsphase schmerzhaft in die Länge. Ich quälte mich durch den Alltag. Es war so zäh, in irgendeiner Kommunikation mit ihm zu sein. Ich spürte irgendwann ganz deutlich, dass es keine Verbundenheit mehr zu ihm gab.

Einer wichtigen Entscheidung Zeit zu geben und den richtigen Absprung zu verpassen, dazwischen liegt nur ein schmaler Grat!

Einer wichtigen Entscheidung Zeit zu geben und den richtigen Absprung zu verpassen, dazwischen liegt nur ein schmaler Grat!

Wenn ich über so lange Zeit hinweg nicht gehört werde, wenn man mir einfach nicht zuhört, wenn man ignoriert, was ich sage, dann distanziere ich mich. Ich finde es respektlos, wenn mein Gegenüber, mein Partner, mir nicht zuhört, mich nicht wahrnimmt, wenn er meine Meinung nicht ernst nimmt und wenn meine Gefühle kleingeredet werden.

Auch wenn ich einer Situation viel Zeit gebe, entsteht irgendwann ein großes Konfliktpotenzial. Ich fühle mich dann nur noch gereizt. Wenn kein wirklicher Austausch zwischen Partnern stattfindet, dann ist die Beziehung im Prinzip schon aus.

Ein anderer Mann

Irgendwann war ich es einfach nur leid, meine Zeit in eine Ehe zu investieren, die nur einseitig funktionierte. Ich versuchte nicht mehr, mir in dieser Ehe Gehör zu verschaffen. Es fühlte sich nur noch unfassbar anstrengend an, in der Nähe meines Mannes zu sein. Was sich auf meinen gesamten Alltag negativ auswirkte. Ich war gereizt, hatte viele Beschwerden – und verlor meine Energie

So vergingen die Tage, wir arbeiteten viel, aber wir arbeiteten nicht an den Problemen, die wir in der Ehe hatten. Beide nicht. Ich hatte resigniert und mich emotional von ihm abgekapselt. Ich befand mich in einer Ehe, die stillstand, und genau so eine Ehe hatte ich niemals führen wollen.

Ich denke, es ist kein Wunder, wenn man in solch einer Zeit für andere Menschen empfänglicher wird. Da taucht jemand auf, der einem uneingeschränkte Aufmerksamkeit schenkt, der zuhört …

Genau das ist mir passiert: EIN ANDERER MANN

Ich spürte, wie gut das tat, wie sehr mir das gefehlt hatte. Ich kannte ihn schon ewig aus meinem Bekanntenkreis. Doch da er einige Jahre jünger war, eine Freundin hatte und ich verheiratet war, gab es zwischen uns nie eine Anziehung oder etwas, was über ein platonisches Gefühl hinausging.

Das änderte sich allerdings genau an diesem Punkt. An dem Punkt, wo ich mit meiner Ehe am Ende war, tauchte er wie aus dem Nichts auf. Plötzlich war er da, dabei wohnte er nicht einmal in derselben Stadt wie ich.

Ziemlich schnell wurde aus dem sympathischen Kontakt ein Flirten. Es fühlte sich wunderbar an, wieder als Frau und als Mensch richtig wahrgenommen zu werden. Da war eine Anziehung, die sich mit der Zeit nicht mehr verstecken ließ. Ich genoss es, gesehen zu werden.

Gleichzeitig war da eine Ehe, die noch nicht vollständig beendet war, ein Ehepartner, der meine Worte der Trennung nicht akzeptieren wollte. Ich saß fest.

Doch ich wollte den Kontakt zu diesem „neuen“ Mann in meinem Leben aufrechterhalten. Und so kamen wir immer wieder in Verbindung, vor allem über Freunde. Wir schrieben uns von da an regelmäßig, telefonierten und trafen uns schließlich auch heimlich.

Mit Therapie – klar im Vorteil

Ich wusste, dass dieses Buch sehr viel in mir aufwirbeln wird. Und ich beschäftige mich in den letzten Jahren auch sehr viel mehr mit mir selbst. Dabei habe ich einige wiederkehrende Eigenschaften und Muster bei mir selbst erkannt, mit denen ich mir mein Leben schwer mache.

Es gibt Themen, die meine Gefühle immer wieder aufwirbeln und noch lange nachhallen. Daher ist es mir wichtig, regelmäßig mit meinen Therapeuten ins Gespräch zu gehen und in einem wertfreien Rahmen alles sagen zu können, was mir durch den Kopf geht.

Mir ist klar, dass ich für einen Teil des Unglücks in meinen Partnerschaften selbst verantwortlich bin. Nicht in dem Sinne, etwas „falsch" gemacht zu haben. Es ist vor allem die Tatsache, dass ich durch all mein Auffangen die Partnerschaft quasi zum Funktionieren bringen möchte.

Ich neige dazu jedes Problem auszugleichen, z. B. wenn etwas nicht funktioniert bzw. der Partner sich nicht einbringt, dann sozusagen als ZWEI Personen zu fungieren. Damit nehme ich mir selbst aber nicht nur die Möglichkeit, mich in der Partnerschaft zu artikulieren, sondern auch meinem Gegenüber die Möglichkeit, die eigene Rolle in der Partnerschaft zu übernehmen.

Mein Wunsch nach einer eigenen Familie war so groß, dass ich quasi bereit war, alles zu ertragen, ohne zu erahnen, was das mit mir als Frau, losgelöst von der Familie, machen würde.

Daher habe ich den Weg eingeschlagen, eigene Verhaltensmuster aufzubrechen. Und diese Verhaltensmuster haben ihre Ursachen in meiner eigenen Kindheit.

Wenn ihr merkt, irgendwas bringt euch immer wieder an denselben Punkt, egal ob ihr den Weg nach links oder rechts wählt, dann ist es wichtig, genau hier anzusetzen und reinzuhören, warum das so ist.

Das geht wunderbar mit einer von euch frei gewählten Form der Therapie oder eines Coachings. Man muss nicht alleine durch diese Gefühle! Kein Mensch auf dieser Welt muss irgendwas alleine machen. Und kein Mensch kann alles richtig machen. Wenn wir uns in einem Hamsterrad der Gefühle befinden, ist es unheimlich schwer, alleine da herauszukommen und zu innerer Ruhe zu kommen.

Such dir außenstehende neutrale Unterstützung. Das ist so wichtig für deinen Seelenfrieden und oft so befreiend. Ich gehe manchmal völlig deprimiert zu einem Termin und nach eineinhalb Stunden komme mit ganz anderen Sichtweisen wieder raus. Die Probleme und Sorgen sind damit nicht weg, doch man bekommt neue Perspektiven, man schaut auf die Dinge aus einem ganz anderen Blickwinkel.

Ich verstehe, dass es für manche ein teils unüberwindbarer Schritt ist, sich Unterstützung in Form von einer Therapie zu suchen. Unsere Gesellschaft sieht diese Art der Unterstützung nicht selten als Schwäche an. Aber die Frage ist doch: Möchte ich mich dem gesellschaftlichen Druck beugen und keine Schwäche zeigen oder möchte ich endlich in Verbindung mit mir selbst kommen, verstehen, warum ich so handle, warum ich bestimmte Verhaltensmuster aufrechterhalte?

Möchte ich all das an meine Kinder weitergeben oder kann ich einfach die erste in meiner Familie sein, die diesen Kreiskauf durchbricht?

Entweder du verlierst dich selbst, weil du Normen entsprechen möchtest, oder du fängst an, an dir selbst zu arbeiten und erfährst Dinge über dein Verhalten, die dein Leben all die Jahre in eine Richtung gelenkt haben, die dazu führte, dass du nicht das Leben führen kannst, das du dir wünschst.

Die Frage ist: Was möchtest DU? Welche Veränderung möchtest DU in deinem Leben?

Ich will mich nicht verlieren und im Alter bereuen, dass ich mich nicht getraut habe, mal genauer in mich selbst zu hineinzuschauen. Gleichzeitig bieten Therapie und Coaching auch die Chance, sich selbst für all die Dinge zu vergeben, die nicht so gelaufen sind, wie sie eigentlich gedacht waren.

Sei in diesem Moment
glücklich, das ist genug.
Wir brauchen nicht mehr
als diesen Moment.

Mutter Teresa

Mein Leben stand völlig auf dem Kopf

Als mein Noch-Ehemann mitbekam, dass ich einen anderen Mann kennengelernt hatte, kam das große Drama. Natürlich hatte ich damit gerechnet. Vielleicht hatte ich es sogar gehofft, denn es schien die einzige Möglichkeit zu sein, um endlich in die Scheidungsphase zu kommen. Ich wollte nicht mehr feststecken.

Versteht mich bitte richtig: Meine Art und Weise, diese Scheidung endlich voranzubringen, war nicht richtig. Doch ich fühlte mich gefangen in einer Ehe, die ich nicht mehr wollte. Mein Mann wollte keine Trennung bzw. Scheidung. So hatte ich kaum Möglichkeiten. Und da waren noch zwei gemeinsame Kinder, in deren Wohl zu handeln meine oberste Pflicht war. Letztendlich habe ich gehandelt, ohne nachzudenken. Es war wie eine Art Fluchtmodus und ein lauter Schrei nach Befreiung aus diesem Dilemma.

Natürlich war es auch ein Schrei nach Aufmerksamkeit. Einen ganzen Monat lang traf ich mich heimlich mit einem Menschen, der mir ein gutes Gefühl gab. Auch wenn er nie die Lösung meiner Probleme war. Mein Noch-Mann ahnte natürlich, dass es einen Neuen in meinem Leben gab. Die klassischen Anzeichen kann man nicht verbergen.

Was ich allerdings an einem solchen Ende als ungerecht empfinde: Letztendlich ist die Ehe rein von außen betrachtet daran zerbrochen, dass ich einen neuen Mann kennengelernt habe. Für die anderen bin ich fremdgegangen. Das wurde auch stets als Trennungsgrund kommuniziert. Die Jahre davor, der Umgang miteinander, seine fehlende Anteilnahme und Reaktion in der Ehe kamen nicht zu Sprache.

Paradoxerweise hat erst die Verbindung zu einem neuen Mann dazu geführt, dass mein damaliger Ehemann endlich reagierte, Emotionen zeigte und Anteil nahm.

Wenn du anderen erzählst, was für ein Biest ich war, dann erzähle ihnen doch auch, auf welche Weise du dieses Biest miterschaffen hast.

Ich habe meinen damaligen Mann noch nie in solchen Emotionen erlebt wie an jenem Tag, als er eindeutig wusste, dass ich jemand anderen traf.

Er hatte schon auf Verdacht, ohne mein Wissen, einen GPS-Sender in meinem Auto installiert, um meine Wege zu verfolgen. Und an jenem Tag tauchte er plötzlich bei meinem Treffen auf.

Ich habe diesen Abend nur noch lückenhaft in Erinnerung. Ich war viel zu aufgewühlt. Gleichzeitig habe ich bei ihm noch nie so viele Emotionen erlebt. Plötzlich war da genau das, was er in der Ehe nie gezeigt hatte.

Wenn du anderen erzählst, was für ein Biest ich war, dann erzähle ihnen doch auch, auf welche Weise du dieses Biest miterschaffen hast.

Er wütete und schrie mich an, machte eine riesiges Theater. Doch ich blieb so ruhig, wie ich es nur konnte. Solche schwierigen Situationen sind mir aus der Kindheit bekannt und ich weiß, wie man sich dann am besten verhält, damit es nicht noch weiter eskaliert.

Ich ließ mich darauf ein, mit ihm zurückzufahren und setzte mich ins Auto. Insgeheim betete ich, dass ich heil nach Hause komme, denn er raste mit einer Geschwindigkeit über die dunklen Straßen, dass mir angst und bange wurde. Es war die schlimmste Autofahrt meines Lebens! Die dunkle Landstraße, die bedrohlich wirkenden Baumreihen am Rand – und er schrie mich die gesamte Autofahrt an. Ich dachte jeden Augenblick, wir fahren gleich irgendwo gegen eine Mauer. Und dies im doppelten Wortsinn.

Zu Hause angekommen fühlte ich mich in Sicherheit. Ich spürte, dass ich nun genug Kraft hatte, diesen Abend zu beenden. Er war so aggressiv, dass ich die Reißleine zog. Ich sagte laut und deutlich Stopp. Ich versuchte, dabei ruhig zu bleiben und meinte, er solle sofort die Wohnung verlassen, sonst würde ich die Polizei rufen.

Die Lage war dadurch erschwert, dass sich seine Mutter ebenfalls in der Wohnung aufhielt – sie hatte auf die Kinder aufgepasst. Sie mischte sich ein, wollte ihren Sohn unterstützen. Verständlich. Doch es durfte jetzt nicht um ihn gehen. Ich war zu lange ignoriert worden. Ich schmiss beide aus der Wohnung und rief: „Du kannst mich noch so bedrohen, aggressiv sein, aber ich bleibe bei dem, was ich dir seit Jahren sage: Ich möchte diese Ehe nicht mehr!"

Diese Zeit war einfach unglaublich aufreibend. Die Kinder litten sehr darunter. Mein schlechtes Gewissen ihnen gegenüber war nicht zu messen. Doch ich glaube nach wie vor fest daran, dass ich ihnen eine bessere Mutter bin, wenn ich ein glücklicher Mensch bin – und das war ich in der Ehe mit ihrem Vater nicht.

Mut zur Trennung

Zu keinem Zeitpunkt, trotz unendlich schlechtem Gewissen, ihnen ihre Familie genommen zu haben, habe ich es nie bereut, diesen Weg gegangen zu sein. Objektiv richtig war der Weg vielleicht nicht, doch für mich war es der richtige Weg. Unsere Ehe war kein Vorbild für die Kinder. Ich wollte nicht, dass sie diese Zustände noch weitere Jahre miterlebten.

Ich fand es so enttäuschend, dass mein damaliger Ehemann erst ins Handeln kam, als er einen neuen Mann in meinem Leben sah. Wieso hatte er mir nie richtig zugehört? Wieso musste erst sein Ego angegriffen werden, damit er versteht, dass die Frau an seiner Seite keine Selbstverständlichkeit ist und eine Ehe nicht nur einseitig funktionieren kann?

Es ist eben nicht möglich, dass Emotionen für immer unterdrückt werden. Irgendwann brechen sie hervor und können die Person dann ganz übernehmen. Aus dem Grund finde ich es so wichtig, Emotionen und Gefühle bewusst wahrzunehmen, sie auszudrücken. Erst dann kann man sich von Ärger, Trauer, Wut und allen anderen negativen Gefühlen befreien.

Sind Emotionen unbewusst ständig am Brodeln, wird das eigene Verhalten unberechenbar – sogar für einen selbst. Dann kann es sein, dass man Dinge tut, die man im Nachhinein nicht richtig verstehen oder deuten kann. Die Emotionen kontrollieren dann dich, anstatt umgekehrt.

Zeitversetzte Trennungsphasen

Obwohl ich letztendlich das Dach dieser Ehe abgerissen habe, habe ich viele Jahre davor still und innerlich leidend die Wände für diese Haus zusammengehalten.

In seinem verletzten Stolz wollte mein Ex-Mann mir natürlich nach diesem Vorfall das Leben zur Hölle machen. Zahlreiche Aktionen im Familien- und Freundeskreis, sogar unter Einbeziehung unserer Mitarbeiter, fanden statt, um mich schlecht dastehen zu lassen. Doch ich, ich fühlte mich erleichtert. Auch wenn es schwer war und ich trotz des Umbruchs in meinem Leben noch stärker sein musste. Ich war erleichtert.

Letztendlich wusste ich, dass er jetzt erst realisiert hatte, es ist vorbei. Und für ihn begann erst hier die eigentliche Trennungsphase – eine Phase, die ich im Prinzip schon durchgemacht hatte, weil ich aufgehört hatte, einem Mann hinterherzulaufen, der an der Ehe mit mir nicht arbeiten wollte. Er ging jetzt erst durch diesen Prozess.

Ich sah diesen Zeitraum als Übergangsphase an und half ihm, wo ich konnte. Dennoch blieb ich bei meiner Entscheidung. Zeitnah stürzte er sich dann in sein neues Liebesleben und so legte sich sein Ärger überraschend schnell.

Wir versuchten, uns so gut es ging, zu einigen. Und das gelang uns auch. Wir fanden Wege, uns weiterhin gemeinsam um die Kinder zu kümmern. Ich versuchte aber, wieder zu lange, ihn auch weiterhin zu unterstützen. Das nahm teils etwas bizarre Züge an. Da er zum Beispiel keine Waschmaschine hatte, habe ich noch eine ganze Zeit lang seine Wäsche gewaschen. Ich fühlte mich unterbewusst, mal wieder, in der Schuld, etwas ausgleichen zu müssen.

Doch irgendwann musste ich damit aufhören, denn er war dazu übergegangen, dies als so selbstverständlich anzusehen, dass sein Wäschekorb eines Tages einfach in meinem Auto stand und ich eine WhatsApp-Nachricht mit dem Text „Wäsche steht im Auto“ bekam.

Gibt es den Richtigen für mich?

Rückblickend muss ich sagen, dass meine Männerwahl oft nicht optimal war. Aber ich möchte auch gleich ergänzen, dass ich nicht behaupten will, dass die Männer, die in mein Leben kamen, falsch waren. Es ist eher so, dass ich Männer wähle, die eigentlich nicht mit dem übereinstimmen, was ich mir für eine funktionierende Partnerschaft wünsche.

Natürlich habe ich mich oft gefragt, woher das kommt. Warum entscheide ich mich immer wieder für Eigenschaften an einem Partner, die mit meinen nicht kompatibel sind?

Ich hatte während meines Heranwachsens kein einziges männliches Vorbild, das ich als „gut" bezeichnen würde. In meinem Umfeld, sei es in der Familie oder im Bekanntenkreis, gab es keine Männer, die ich als positive Vorbilder für eine Frau-Mann-Beziehung einstufen konnte.

Meine Eltern hatten grundsätzlich keine einfache Ehe. Wir haben als Kinder sehr viel Streit mitbekommen. Dort bekam ich auch kein gutes Vorbild. Dieses Bild des Zusammenlebens von Mann und Frau, das mir über viele Jahre vorgelebt wurde, war eher nachteilig.

Ich weiß heute, dass sich bestimmte Muster aus meiner Familie bei mir wiederholen. Eine Sache, die mir jetzt einfällt, ist beispielsweise, dass meine Mutter von der Familie meines Vaters ebenfalls abgelehnt wurde.

Auch sie musste solch eine Erfahrung machen, wie ich sie erlebte. Das ist schon sehr traurig. Mein Vater hatte sich unsterblich in sie verliebt, doch sie entsprach nicht den Vorstellungen meiner Oma väterlicherseits. So war es anfangs für sie alles andere als einfach.

In meinem Umfeld sah ich auch sonst keine Ehe, die ich als vorbildlich erlebt hätte. Die Frauen haben einfach sehr viel geduldet, sei es Alkoholismus des Partners, sei es Gewalt, sei es Untreue, sei es eine lieblose Behandlung.

Die Trennung auf der Business-Ebene

Da mein damaliger Mann und ich ein gemeinsames Unternehmen hatten, sahen wir uns eine ganze Weile weiterhin jeden Tag. Es war keine einfache Situation, denn er fühlte sich jetzt wie derjenige, der die meiste Zeit im Unternehmen war. Dabei war ich diejenige, die die meiste Zeit unsere Kinder hatte, während ich aus dem Homeoffice arbeitete. Es wurde relativ schnell klar, dass diese Situation nicht lange gut gehen würde.

Gleichzeitig schrieb das Unternehmen zu diesem Zeitpunkt keine guten Zahlen. In der Branche gab es einen Umbruch und wir merkten das natürlich auch. Aber dann geschah noch etwas anderes, das unser Ende besiegeln sollte.

Seine Mutter mischte sich nun auch in die Firmenangelegenheiten ein. Sie wollte plötzlich eine zentrale Rolle im Betrieb spielen. Obwohl sie sich immer eine ganz andere Zukunft für ihren Sohn gewünscht und mein Business belächelt hatte, war sie jetzt Feuer und Flamme, einen eigenen Part zu übernehmen. Sie wollte ihrem Sohn bei der Geschäftsführung helfen.

Für mich war sofort klar, dass dies keine gute Idee war. Und genauso war es. Es gab ständig Unstimmigkeiten und Streit. Die klare Linie, die immer da gewesen war, begann sich in widersprüchlichen Details zu verlieren. Das Unternehmen trug meine Handschrift. Und zwischen ihrer und meiner Handschrift lagen Jahre und Welten. Gerade bei etwas, das ganz auf einen bestimmten Geschmack setzt, ist es fatal, die Richtung derart zu verändern.

Seine Mutter wollte Dinge ändern, die ich als wichtig ansah. Und da nun von drei Personen, die am Tisch saßen, zwei immer dagegenhielten, fiel das gesamte Konzept in sich zusammen. Unsere Kunden waren einen bestimmten Style gewohnt, einen bestimmten Geschmack. Es konnte nicht gut gehen.

Damit war nun auch eine berufliche Trennung für mich unvermeidlich. Ich machte mehrere Vorschläge, wie das Unternehmen aufgeteilt werden könnte. So schlug ich meinem Ex-Mann vor, das Unternehmen in Onlineshop und Einzelhandel aufzusplitten. Er könnte dabei den Online-Shop weiterzuführen.

Dort gab es die Möglichkeit, sich zu vergrößern, so wie er sich das immer vorgestellt hatte. Ich würde das Ladengeschäft weiterführen, da ich mit zwei Kindern gebundener war.

Diesem Vorschlag stimmte er relativ schnell zu – und genau hier hätte ich skeptisch werden müssen. Es lief zu einfach.

GbR – fast mein finanzieller Ruin

Ende 2017 setzen wir einen Auflösungsvertrag auf. Darin regelten wir alles, was zu regeln war. Dummerweise ohne anwaltlichen Rat. Das Problem an der Sache war: Wir waren eine GbR. Und was das genau bedeutete, war mir nicht wirklich klar. Ich war naiv und hatte mich nicht genügend informiert.

An dieser Stelle möchte ich allen, die eine Firma mit ihrem Lebensgefährten, Ehemann oder einem anderen Menschen gründen wollen, den folgenden Ratschlag geben: Macht es auf Basis einer GmbH. Wenn jemand das Wort „GbR“ in den Raum wirft, schreit sofort „Stopp“!

Wir waren mit dieser GbR quasi doppelt verheiratet, nicht nur privat, sondern auch geschäftlich. Und ich war damals bei der Geschäftsgründung sehr unerfahren und habe die rechtlichen Entscheidungen eher meinem Ex-Mann überlassen. Ich war immer mehr der kreative Kopf, der Verkaufskonzepte und Marketingstrategien entwickelt. Die bürokratischen und rechtlichen Dinge habe ich gerne ihm überlassen. Das war mein großer Fehler.

In dem Auflösungsvertrag wurde das Unternehmen aufgeteilt. Gleichzeitig vereinbarten wir, dass wir uns gemeinsam um die noch offenen Verbindlichkeiten kümmern würden, die das Unternehmen zu diesem Zeitpunkt hatte. Jeder musste einen monatlichen Beitrag leisten.

Ich wollte dabei offen mit den Händlern sprechen, ihnen sagen, wie unsere aktuelle Situation ist, damit sie informiert waren, denn unser Geschäft arbeitete sehr eng mit den Händlern zusammen. Man hätte durchaus mit deren Geschäftsführern für alles eine Lösung finden können. Denn die Ware, die in unseren Lagern lag, war noch nicht vollständig bezahlt.

Wir unterschrieben den Vertrag und ich dachte, endlich kann ich durchatmen und in meinem eigenen Tempo weitermachen. Doch die Fairness, die ich erwartet hatte, war wohl eine Illusion: Wenige Tage später meldete mein Ex-Mann Privatinsolvenz an.

Damit fielen alle Verbindlichkeiten dieser GbR in voller Höhe mir zu! Alles ging zu meinen Lasten, weil er ja jetzt insolvent war. In einer GbR haftet man nämlich mit seinem Privatvermögen – und jeder Gesellschafter in voller Höhe.

Von einem Tag auf den anderen war ich hochverschuldet und von allen Seiten angreifbar, denn ich stand in voller Haftung für eine Menge Ware. Meine ehemalige Schwiegermutter gründete derweil eine GmbH und übernahm einfach das volle Lager mit der Ware, die ICH nun bezahlen musste.

Ihr denkt euch jetzt, wie kann das sein? Wir kann so etwas gehen? Es geht. Ich hätte dagegen vorgehen können, ich hätte Jahre in einen Rechtsstreit investieren können. In all diesen Jahren hätte ich trotzdem weiter für alles aufkommen müssen. Woher sollte ich die Kraft und woher die finanziellen Mittel dafür nehmen?

Ich gab quasi auf und nahm es hin. Mein Weg war ein anderer, da ich selbst keine Privatinsolvenz anmelden wollte.

An dieser Stelle möchte ich allen, die eine Firma mit ihrem Lebensgefährten, Ehemann oder einem anderen Menschen gründen wollen, den folgenden Ratschlag geben: Macht es auf Basis einer GmbH. Wenn jemand das Wort „GbR" in den Raum wirft, schreit sofort „Stopp"!

Zur Vervollständigung: Das Unternehmen gibt es nach wie vor. Die Mutter meines Ex-Mannes ist nach wie vor dort Geschäftsführerin und er arbeitet weiterhin in der Firma, die inzwischen zu einem richtigen Familienunternehmen geworden ist.

Es ist schon skurril, dass dieses Unternehmen, das alle am Anfang so belächelt haben und das so gar nicht ins Konzept der Familie meines Ex-Mannes passte, jetzt den Lebensunterhalt genau dieser Familie sichert.

Die Erfahrungen aus dieser Zeit waren bitter und schmerzhaft. Ich habe unglaublich viel geweint und wusste manchmal überhaupt nicht, wo mir der Kopf steht. Und so tat ich das, was ich am besten kann: Ich verschaffte mir einen geordneten Überblick und packte die Herausforderung schließlich aktiv an.

So forderte ich bei allen Händlern sogenannte Offene-Posten-Listen an, machte Tabellen mit genauen Infos zum Zahlungsverzug und fing an, Emails zu schreiben, zu telefonieren und die Händler vor Ort zu besuchen.

Ich sagte allen die Wahrheit, legte die Verbindlichkeiten offen und erklärte, wie die Situation aussah. Ich machte ihnen klar, wenn wir uns nicht einigen könnten, dann würde mir nichts anderes übrig bleiben als die Privatinsolvenz.

Communication is the key:
Jeder Händler ließ sich auf einen Deal mit mir ein!

Ich arbeitete jetzt zwar mehr denn je, doch genauso, wie ich es wollte, in dem Ladengeschäft, das nun ganz mir gehörte. Und es lief gut, erst mal …

GMBH VS. GBR

Eine Gesellschaft mit beschränkter Haftung, abgekürzt GmbH, ist eine Art der Kapitalgesellschaft, die nicht nur in Deutschland, sondern auch in vielen anderen Ländern existiert. Sie eignet sich besonders für kleine und mittlere Unternehmen.

Neben der relativ unkomplizierten Gründung (notarielle Beurkundung, Eintrag ins Handelsregister) ist der größte Vorteil einer GmbH, dass die Gesellschafter NICHT mit ihrem Privatvermögen haften, sondern nur mit dem Gesellschaftsvermögen (Stammkapital) von mindestens 25.000 Euro.

Eine Gesellschaft bürgerlichen Rechts, abgekürzt GbR, ist eine Personengesellschaft, bei der sich mindestens zwei Personen zusammenschließen, um ein gemeinsames Ziel zu verfolgen.

Die GbR ist die einfachste deutsche Gesellschaftsform (es ist kein Gesellschaftsvertrag nötig und auch keine notarielle Beurkundung). Die GbR wird daher häufig für kurzfristige Projekte oder kleinere Unternehmungen gewählt. Allerdings: Bei einer GbR haften alle Gesellschafter vollumfänglich mit ihrem gesamten Privatvermögen für die Verbindlichkeiten der Gesellschaft.

Learnings:
Gefallenwollen und Helfersyndrom

Was ich durch meine Beziehungen bis hierhin gelernt hatte, waren vor allem zwei Dinge: Ich möchte immer gerne allen gefallen, im Sinne von: es allen recht machen, und zum zweiten habe ich einfach einen großen Drang, ständig allen helfen zu wollen.

Erstens: Gefallenwollen

Ich habe mich immer unglaublich schnell verliebt. Aufmerksamkeit und Fürsorge gab es in meiner Kindheit zu wenig. Und so war Aufmerksamkeit von anderen für mich etwas, das mich in Feuer und Flamme versetzte. Viel zu schnell dachte ich: DAS ist mein Traummann. Besonders in jungen Jahren war ich daher ein ums andere Mal schnell im siebten Himmel – und dann ziemlich schnell wieder auf dem Boden der Tatsachen.

Doch wenn ich mich einmal für eine Beziehung entschieden habe, gebe ich nicht so schnell auf. Ich gebe Beziehungen immer sehr viel Zeit. Ich versuche immer, die guten Seiten darin zu sehen und alles herauszuholen. Daher habe ich bis jetzt nur drei längere Beziehungen geführt inklusive der Ehe.

Irgendwann ist mir dann selbst aufgefallen, dass ich mich zu stark bemühte, zu gefallen. Teilweise verlor ich mich selbst aus den Augen, war zu wenig authentisch. Ich erwischte mich sogar dabei, wie ich mich in eine andere Person „verwandelte", wenn ich merkte, dass ein Auserwählter bestimmte Vorlieben hatte.

Doch das ist selbstzerstörerisch. Mit solch einem Muster sabotiert man sich selbst. Und hier geht es nicht mal nur um mich, es geht auch um das Gegenüber. Wenn man jemanden kennenlernt und in diesen Gefall-Modus verfällt, lernt der andere im Grunde nicht wirklich DICH kennen.

Natürlich wollen wir uns alle von unserer besten Seite zeigen, doch ich versteckte teilweise meine besten Seiten, weil ich so wenig Selbstvertrauen hatte. Aus Angst, dass sie vielleicht doch keine Anerkennung finden würden, benahm ich mich lieber so, wie es meiner Einschätzung nach von meinem Gegenüber erwartet wurde.

Und so präsentiert man dann eine Version von sich selbst, die man nicht lange durchhalten wird. Denn niemand kann immer nur gefallen, immer nur geben. Es entstehen Differenzen und diesen darf man nicht ausweichen, nur um die Harmonie zu wahren. Wenn das in der Kennenlernphase passiert, braucht man sich nicht wundern, dass die Zeiten danach enttäuschend sind. Der Partner verliebt sich nicht in die wahre Person.

Eigentlich bin ich eine Person, die sehr viel Sicherheit benötigt, wissen muss, da ist jemand, der mich auffangen wird. Im Grunde wünsche ich mir einen Menschen an meiner Seite, der mir Sicherheit gibt und auf den ich mich verlassen kann. Beides fehlte mir gänzlich in der Kindheit und auch in meinen Partnerschaften.

Die Probleme in meinen Partnerschaften sind auch selbst verschuldet, da ich trotzdem immer die Starke sein und mir keine Schwäche anmerken lassen will, aus Angst, verletzt zu werden, aus Angst, enttäuscht zu werden. Und wenn ich beides erlebe, was nicht selten vorkommt, dann halte ich es einfach aus und verdränge, denn schließlich habe ich mich für diesen Menschen entschieden.

Mit diesem Verhalten komme ich natürlich nicht weiter. Letztendlich kann ich sagen: Wenn dich ein Mensch immer und immer wieder auf die gleiche Art und Weise verletzt und enttäuscht, dann bringt es dir nichts, das auszuhalten, dann bringt es nichts, dich für diesen Menschen zu entschieden, denn dieser Mensch hat sich nicht für dich entscheiden.

Ich ignorierte gerne die blinkenden Warnlampen, weil ich mir so sehr wünschte, dass die Beziehung funktioniert. Ich wollte eine harmonische schöne Beziehung führen und war bereit, alles dafür zu geben.

Doch ich glaube, in einer Partnerschaft sollte eine gemeinsame Basis da sein, gleiche Werte, ähnliche Vorstellungen. Vor allem sollten beide einen ähnlichen Grad von Bewusstsein über ihre eigenen inneren Prozesse haben. Wenn jemand sich selbst schon ein Stück weit gecheckt hat, ist es viel leichter, eine Beziehung aktiv zu gestalten.

Suche nicht nach einem perfekten Menschen, suche nach einem Menschen, der mit sich im Reinen ist, seine Fehler kennt, über sie spricht, an ihnen arbeitet, sein Verhalten reflektiert und bereit ist, sich im Wesen und Geist immer weiterzuentwickeln.

Es ist ein Trugschluss, zu einer Einheit verschmelzen zu wollen! Bildet zwei gleich starke und gleich hohe Säulen, dann könnt ihr das Dach der Beziehung gemeinsam tragen.

Ich suchte unbewusst ganz das Gegenteil, damit ich in die Rolle der Helferin verfallen konnte. Anderen zu helfen, gibt mir ein Gefühl der Sicherheit. Womit wir beim zweiten Punkt wären …

Zweitens: Helfersyndrom

Mein Helfersyndrom hat sicherlich seine Wurzeln in der Kindheit. Ich musste schon so früh viel Verantwortung übernehmen, eine zentrale Rolle zu Hause spielen. Ich war bereits ab der Grundschule alleine auf mich gestellt.

Bei meinen Partnern hatte ich immer den Impuls: Ich helfe ihm und dann schaffen wir das. Damit fühlte ich mich wertvoll. Bei meinem Ex-Mann habe ich gesehen, wie viel seiner Probleme aus der Familie und seiner Erziehung kamen. Ich wollte ihm helfen, da herauszuwachsen, sich selbst zu finden – aber im Grunde hätte er das selbst tun müssen. Er er hätte es vor allem wollen müssen. Das war nicht meine Angelegenheit.

Da ich diese große Sehnsucht nach Harmonie habe, versuche ich, Reibungen immer abzufangen. Auch um die Kinder nicht zu belasten. Das geht dann so weit, dass ich sehr viel für den anderen mache, was eigentlich nicht meine Aufgabe ist. Damit wird aber die Situation an sich nicht besser. Der andere gewöhnt sich daran und verlangt noch mehr. Ein Kreislauf entsteht, der geprägt ist von einer grundlegenden Dysbalance.

Er sollte der neue und LETZTE Mann in meinem Leben sein

Es fällt mir nicht leicht, die richtigen Worte zu wählen. Aber ich will dennoch versuchen, euch zu erzählen, wie es letztendlich dazu kam, dass auch die nächste Partnerschaft enden musste. Diese Entwicklungen sind ganz aktuell, es ist alles ganz frisch und ich bin genau in dieser Zeit dabei, alles zu verarbeiten.

In der Partnerschaft mit dem Mann, den ich am Ende meiner Ehe getroffen hatte, war anfangs natürlich alles wundervoll. In dieser Partnerschaft wollte ich von Anfang an so sein, wie ich bin. Ich wollte mich nicht verstellen und da ich einiges an Vorgeschichte und Vergangenheit mitbrachte, war das eigentlich auch gar nicht möglich.

Er kannte die Situation mit meinem Ex-Mann, wusste von meinen zwei Söhnen, meiner schwierigen finanziellen Lage und dass ich keine einfache Beziehung zu meinen Eltern hatte. Trotz allem, was ich an „Gepäck" mitbrachte, wollte er eine Beziehung mit mir. Vielleicht sollte ich an dieser Stelle lieber schreiben: und vor allem, weil ich so viel „Gepäck" hatte und all diese Dinge gemeistert hatte, schätzte er sich so glücklich, dass ich in seinem Leben war. Er wollte so gerne Familie und Kinder, ich konnte das bieten.

Es half sicherlich, dass wir zum Zeitpunkt unseres Kennenlernens viele Gemeinsamkeiten hatten. Und an den Unterschieden zwischen uns konnten wir auch jeder für sich wachsen. In den fast neun Jahren unseres Zusammenseins haben wir mehr erlebt als so manche in 40 Jahren Ehe: eine Scheidung vom Ex-Mann, zwei Kinder, die in die Beziehung gebracht wurden, zwei, die dazukamen, eine Pandemie, drohende Insolvenz, völlig neue Tätigkeiten, zwei Firmengründungen, Hausbau.

Das ist ein ganz schön heftiges Paket an Herausforderungen. Oft wussten wir gar nicht, wo uns der Kopf stand. Es gab immer etwas zu bewältigen. Haben wir uns darin verloren oder war es etwas anderes!?

Werde ich nochmal Mama?

Auch wenn ich wusste, dass dies eventuell mal Thema sein könnte, so war ich trotzdem ziemlich überrascht, als klar wurde, dass mein neuer Partner auch eigene Kinder wollte. Für mich war das Thema irgendwie schon vom Tisch. Die beiden Jungs waren gerade aus dem Gröbsten raus. Die finanziellen Turbulenzen waren noch lange nicht überstanden. In meinem Leben schien wenig Platz für ein weiteres Kind. Angst machte sich in mir breit.

Allerdings musste ich diesen Kinderwunsch von ihm auch ernst nehmen und tief in mich hineinhören, wie ich dazu wirklich als Frau und Mutter stehe. Die letzten Jahre davor waren so schwierig gewesen, da hatte es nie Raum gegeben, um überhaupt über weitere Kinder nachzudenken, und ich lebte ja auch lange mit dem Wunsch, mich zu trennen … Doch jetzt war da jemand in meinem Leben, mit dem ich mein Leben teilen wollte. Er schien mir der richtige Partner an meiner Seite zu sein. Ich suchte niemanden, der mich vervollständigt, ich war auf der Suche nach jemandem, mit dem ich das Leben leben konnte.

Im Grunde fiel mir die Entscheidung dann nicht sonderlich schwer. Sie war nur überschattet von Ängsten wie: Was, wenn ich mich irre? Was, wenn es wieder einmal nicht funktioniert? Aber so ist das Leben. Wir leben es nur dann wirklich, wenn wir LEBEN. So kam es, dass wir gemeinsam noch zwei weiteren wundervollen Kindern das Leben schenkten. Und meine vier Kinder sind mein größter emotionaler Schatz. Denn ich habe eine Erziehung erlebt, die mit viel Gehorsam und Strafen verbunden war. Meine Kinder haben mich hingegen motiviert, dieses Muster zu durchbrechen. Für sie habe ich die Erziehungsgeschichte meines Elternhauses und des Elternhauses meiner Groß- und Urgroßeltern durchbrochen.

Mein Erziehungsstil ist ganz anders und genau das merkt man auch an meiner Bindung zu den Kindern und der Bindung der Kinder zu mir.

Was Hormone mit dir machen!

Ungefähr Ende 2017/Anfang 2018 ging es mir so schlecht wie noch nie in meinem Leben. Ich war ein emotionales Wrack. Panikattacken, Verfolgungsangst, Wutanfälle, Heulkrämpfe, Schwindel, Übelkeit, Migräne, Müdigkeit. Ich mochte mich nicht! Ich mochte mein Leben nicht.

Zu diesem Zeitpunkt war ich Mama von drei Kindern, hatte eine Scheidung hinter mir, war beruflich im Umbruch, hatte viele finanzielle Ängste und machte mit meinem Partner eine große Krise durch. Meinen Zustand schob ich, für mich naheliegend, auf diese Umstände. Bis ich den wahren Grund für mein Unwohlsein fand.

Nach dem dritten Kind wollte ich langfristiger verhüten. Mein Stresslevel war mit drei Kindern und der Selbstständigkeit schon sehr hoch. Ich wollte nicht noch jeden Tag an die Pille denken müssen. Die Gefahr, im Strudel des Alltags die Pille zu vergessen, war für mich zu groß und gar nicht so unwahrscheinlich.

Mein Frauenarzt riet mir ganz selbstverständlich zu einer Hormonspirale. Es hieß, dies sei eine Minispirale, die Hormone nur lokal absetzt, die demnach nicht in die Blutbahn gelangen. Sie würde nur dafür sorgen, dass sich die Gebärmutterschleimhaut verändert und dadurch keine Spermien in die Gebärmutter eindringen könnten. Hörte sich für mich nach dem an, was ich zu diesem Zeitpunkt brauchte.

Ich sollte mir die Spirale mit dem Rezept des Arztes in der Apotheke abholen. Dazu gab es die Anweisung, das Päckchen aus hygienischen Gründen keinesfalls vor dem Einsetzen zu öffnen. Zum geplanten Termin öffnete der Arzt das Päckchen, klärte er mich über den Ablauf des Eingriffs kurz nochmal auf. Er gab mir die Packung aber nicht in die Hand und auch nicht den Beipackzettel. Auch machte er mich nicht auf die zahlreichen Nebenwirkungen und die Häufigkeit dieser aufmerksam. Dann setze er die Spirale ein und ich, ich war erleichtert und dachte mir, endlich muss ich daran nicht mehr denken.

So vergingen einige Wochen. Da mein Leben in einer stressigen Zeit steckte, fielen mir einige Veränderungen am Körper nicht sofort auf. Vielleicht ignorierte ich sie auch. Irgendwann wurde das Ganze unübersehbar und meine Beschwerden wurden sehr eigenartig und untypisch für mich. Ich spürte mit einem Mal deutlich: Irgendwas mit mir stimmt nicht. Ich bin so anders.

In mir machte sich eine zunehmende Lustlosigkeit breit, mein Körpergeruch wurde anders und für mich selbst sehr unangenehm. Dann begann ich, mich richtig depressiv zu fühlen, ich fühlte mich leer. Meine Haare fingen an, in Büscheln auszufallen. Obwohl ich immer gerne alleine und für mich war, gab es jetzt Momente, in denen ich plötzlich Panik bekam. Ich bildete mir regelrecht ein, es steht jemand hinter mir und greift mich an. Als könnte ich von dieser Person den Atem im Nacken spüren. Ich bekam Verfolgungsangst! Es war erschreckend. Und ich wusste nicht, woher es kam.

In meinem Umfeld gab es nur Frauen, die die Hormonspirale schon viele Jahre trugen und mir berichteten, bei ihnen sei alles okay. Und wenn sie doch einigen Symptomen zustimmten, erklärten sie mir diese mit dem Stress des Alltags, den man eben so als Mutter habe. Ich fühlte mich von keiner Seite ernst genommen.

Schließlich rief ich in der gynäkologischen Praxis an und schilderte meine Symptome und bekam Wochen später einen Termin. Die Assistenz am Telefon versuchte zwar, mich zu beruhigen, doch ich merkte, dass sie sich in ihren Erklärungen widersprach.

Dann eines Abends sah ich einen Bericht über die Hormonspirale bei Stern TV. Und darin berichteten ganz viele Frauen von ähnlichen Symptomen. Ich trat einer Facebook-Gruppe zu dem Thema bei. Und was soll ich euch sagen: Mir fiel es wie Schuppen von den Augen! Die Erfahrungen deckten sich absolut mit meinen.

Ich holte mein Journal raus, im dem ich auch sehr genau meine Beschwerden notierte, und alles deckte sich zeitlich mit dem Einsetzen der Hormonspirale. Auch wenn ich erleichtert über dieses neue Wissen war, so ärgerte ich mich über mich selbst, nicht eher den zeitlichen Ablauf in meinem Journal nachgeschaut zu haben.

Hätte ich die Packungsbeilage der Hormonspirale rechtzeitig lesen können, wäre ich sicherlich gewarnt gewesen. Aber ich durfte das Päckchen vor dem Arzttermin ja nicht öffnen! Als ich dies nachholte, las ich, dass als Risiko sogar Suizidgedanken (!) möglich sind! Da standen so viele Nebenwirkungen, dass ich Gänsehaut bekam. Und trotzdem wird so getan, als wäre die Hormonspirale völlig harmlos.

So etwas kann dich komplett aus dem Leben reißen. Es gibt bestimmt Frauen, für die diese Methode passt. Ich kenne einige, die haben die Spirale oder nehmen die Pille seit 20 Jahren oder mehr. Dabei sollte man aber stets bedenken, dass man nach so einer langen Zeit doch gar nicht mehr weiß, wie man sich ohne fühlen würde. Wie wäre eigentlich der Normalzustand? Hier mal eine Pause zu machen, könnte ein absoluter Augenöffner sein.

Aus mir machte die Hormonspirale einen anderen Menschen! Sie raubte mir meine Energie und veränderte meinen Gefühlshaushalt komplett. Insgesamt hatte ich sie nur drei, vier Monate drin. Ich hätte sie keinen Tag länger in mir haben wollen.

Nachdem die Sache für mich klar war, ging ich ohne Termin zum Frauenarzt. Ich ließ mich nicht abwimmeln und bestand darauf, dass mir die Spirale SOFORT gezogen wird. Alle Überredungskünste des Arztes, mich vom Gegenteil zu überzeugen, scheiterten. Er meinte, das alles könne keinesfalls von der Hormonspirale kommen. Doch mein Bauchgefühl war eindeutig. Ich brauchte kein Dagegenreden.

Und genau wie ich gedacht hatte kam es: Innerhalb weniger Tage(!) veränderte sich mein Zustand drastisch. Es fühlte sich an, als ob ich wieder „zurückkomme" zu mir. Als ob ein dunkler Schleier von mir weggezogen wird. ICH war wieder da.

Mein Glück war, dass ich wohl wirklich sehr schnell mit extremen Nebenwirkungen auf die Hormonspirale reagiert habe. Wären diese schleichend und/oder nacheinander gekommen, hätte ich sie wohl weiterhin meinem stressigen Alltag zugeschrieben.

Ich hätte gerne im Vorfeld eine ausführliche Aufklärung gehabt und mir den Packungszettel durchgelesen. Daher habe ich diesem Thema hier so viel Platz eingeräumt. Ich möchte euch dafür sensibilisieren, auf euch zu achten. Nehmt euch immer selbst in die Verantwortung für eure Gesundheit. Informiert euch in verschiedenen Richtungen, hinterfragt kritisch und lasst euch nicht in Arztpraxen abwimmeln.

Ist eine Beziehung immer mit Arbeit verbunden?

Ja, ein ganz klares Ja.

Eine Beziehung ist immer auch Arbeit. Man muss immer wieder etwas dafür tun, sich aufraffen, sich Mühe geben, sich an Abmachungen halten und sein Bestmögliches geben. Es reicht nicht zu sagen, „Es wird schon irgendwie laufen." Du musst dich jeden Tag neu für deine Beziehung entscheiden.

Gleichzeitig gibt es Grundwerte, die unausgesprochen da sein müssen, damit eine Basis geschaffen wird, an der man nicht so schnell rütteln kann. Diese Werte sind in einem selbst verankert und bekommen, nach meiner eigenen Erfahrung, mit zunehmendem Alter immer mehr Bedeutung.

Was das betrifft, steht in meinen Augen ganz oben die Verlässlichkeit. Wenn ich mich auf einen Menschen verlassen kann, dann vertraue ich diesem Menschen. Ich weiß, dieser Mensch steht an meiner Seite und wird nichts tun, was uns schwächt. Und wenn es doch mal dazu kommt, dann kann ich mich darauf verlassen, dass dieser Mensch sich sein Verhalten anschauen wird und es nicht erneut vorkommt.

Leider war das ein Punkt in der neuen Partnerschaft, zu dem wir beide eine gegensätzliche Einstellung hatten. Dies beeinflusste mehrere Bereiche unserer Partnerschaft und rüttelte mehrfach an der Basis unserer Beziehung.

Auf der anderen Seite waren wir Eltern und auch beide Unternehmer. Wir agierten fair und verantwortlich. Wir unterstützten einander und jeder versuchte, dem anderen Freiräume zu schaffen und den Rücken freizuhalten, damit die eigenen Ziele nicht auf der Strecke blieben. Daran hielten wir stets fest.

Wir optimierten immer wieder unsere täglichen Abläufe als Familie, passten sie unseren Arbeitszeiten an. Es gibt ja immer auch viel Veränderung mit Kindern. Nach dem Kindergarten wird eingeschult. Dann gibt es einen Schulwechsel. Dann ändern sich die Bedürfnisse, es gibt ein neues Hobby.

Es half uns sehr, dass wir beide selbstständig waren. So kann man vielfach selber entscheiden, wann was wo passiert.

Dieses Miteinander als Familie war gut eingespielt. Doch zwischen uns als Paar gab es ein Thema, das immer wieder zum Problem wurde. Irgendwann spürte ich wieder diese Angst. Als müsste ich mich auf etwas vorbereiten und als sei es wichtig, mich jetzt größtenteils auf mich selbst zu verlassen.

Ob meine innere Stimme in Vorahnung zu mir sprach oder ob es meine Vergangenheit war, die da aus mir sprach, konnte ich zu diesem Zeitpunkt nicht deuten. Da wir in den ersten Jahren auch immer sehr gute Zeiten hatten, die Liebe da war und ich diese Partnerschaft auch wollte, verdrängte ich dieses Problem. Aber es war da. Und kam regelmäßig für uns als Paar auf den Tisch.

Es wäre sicher der richtige Zeitpunkt gewesen, um nachzudenken, was „Beziehungsarbeit“ ist. Und dementsprechend zu handeln.

Der Altersunterschied und eine prägende Situation

Mein Lebenspartner war sieben Jahre jünger als ich. Das war eine ganz neue und prägende Situation für mich. Davor hatte ich ein ganz anderes Leben gelebt. Doch ich war stets offen dafür und hatte viel Geduld für unsere teils verschiedenen Lebensperspektiven.

Der Unterschied zwischen uns lag darin: Ich hatte schon viele Jahre eine enorme Verantwortung im Leben gehabt und er eben nicht. Mir war klar, von heute auf morgen kann er nicht dieses Pensum bringen, das ich bringen muss. Da muss man sich erst mal herantasten. Schließlich musste sich unsere Partnerschaft zu Beginn sehr nach mir richten, denn ich war für die Kinder zuständig und wohnlich gebunden. Dennoch, er hatte sich dafür entschieden und er kannte alle Hintergründe.

Es gab da allerdings einmal ein Gespräch mit Freunden am Tisch, eine ganz prägende Situation, die meine Toleranz für meinen Partner viel zu sehr verstärkte, im Grunde verzerrte. Ein gemeinsamer Freund sagte vor allen anderen am Tisch: „Izela, du kannst ja so froh sein, dass du ihn kennengelernt hast und er dich mit den Kindern so aufgenommen hat. Das würden sehr wenige Männer tun."

Ich bin wirklich schlagfertig in der Kommunikation, doch in diesem Moment fühlte ich mich so klein wie schon lange nicht mehr. Ich fühlte mich wertlos. Dieser Mann sprach etwas aus, was mich triggerte. Er hatte etwas ausgesprochen, das in mir Selbstzweifel weckte. In der Zeit danach fing ich an mich genauso zu verhalten: dankbar. Egal, was passierte und wie ich mich dabei fühlte, ich entschuldigte jegliches Verhalten meines Partners, denn schließlich sollte ich doch dankbar sein.

Völliger Quatsch, denn ich stand zu diesem Zeitpunkt mitten im Leben, war Unternehmerin, Mutter von drei Kindern und hatte bereits etliche Krisen mit Stärke gemeistert. Doch all das ploppte in diesem Moment nicht in meinem Kopf auf.

Eines meiner liebsten Zitate findet hier einen guten Platz:

Das Leben verstehst du rückwärts, leben musst du es aber vorwärts.

Äußere Krisen auf ALLEN Ebenen

Als die Firma damals aufgeteilt wurde und mein Ex-Mann Insolvenz anmeldete, war mir klar, das Pensum, das ich alleine leiste, wird nicht reichen. Ich musste einiges mehr an Geld verdienen. Ich musste die ganzen Verbindlichkeiten der GbR tilgen. Wir sprachen zu diesem Zeitpunkt von mehr als 200.000 Euro Schulden auf meinem Rücken.

Zu der Zeit war mein Partner mit seiner eigenen beruflichen Situation an einem Punkt, wo er sehr zu kämpfen hatte. Er brauchte mental eine Pause von der Branche, in der er tätig war. So kam es, dass er seine Zeit in die Unterstützung meines Unternehmens investierte.

Wir befanden uns beide in einer Zeit des Umbruchs und waren aufeinander angewiesen. Gleichzeitig fühlte ich, dass dieses gemeinsame Arbeiten, wieder diese Situation, nicht gut sein konnte. Doch er nahm sich die Zeit, um mich zu unterstützen und es war eine große Erleichterung für mich.

Mein Muster verfolgt mich immer wieder und wenn es direkt hinter mir steht, kann ich es nicht sehen.

So arbeitete mein Partner zwei Jahre bei mir im Unternehmen an meiner Seite. Auch wenn es definitiv eine Belastungsprobe für unsere Beziehung war, da wir von Grund auf verschiedene Arbeitsweisen haben, klappte es.

Zwei Gefühle machten sich in dieser Zeit in mir breit. Ein Gefühl der Erleichterung, denn es funktionierte, und ein Gefühl von Angst, das ich nur schwer abschalten konnte. Ich entschied mich fürs Glücklichsein, und dafür, mich nicht von der Angst leiten zu lassen.

Mein Muster verfolgt mich immer wieder und wenn es direkt hinter mir steht, kann ich es nicht sehen.

Unsere finanzielle Situation verbesserte sich in der folgenden Zeit zunehmend. Die Verbindlichkeiten aus den vergangenen Jahren konnten kontinuierlich und regelmäßig abgezahlt werden. Es schien sich alles zu fügen und in eine gute Richtung zu bewegen.

Wir kauften ein Grundstück, planten ein Haus und ich wurde erneut schwanger. Doch im sechsten Monat wurde ich vollständig ausgebremst. Vorzeitige Wehen. Ich musste Medikamente nehmen und durfte quasi nur dann aufstehen, wenn ich auf Toilette musste. Ich konnte nicht mehr arbeiten. Das machte sich schnell an den Umsätzen bemerkbar. Immerhin war ich für ein Unternehmen verantwortlich.

Und dann kam Corona!

Der erste Lockdown. Finanziell für mein Unternehmen ein Desaster! Es ging nichts mehr. Ich konnte nicht mehr. Ich erinnere mich, wie ich weinend und völlig fertig mit den Nerven dachte: „Ich verliere gerade ALLES! Nicht schon wieder! Warum nur?“ Ich hatte keine Ahnung, wie es weitergehen sollte.

Wenn nichts mehr geht

Manchmal ist der richtige Moment, sich keine Gedanken mehr zu machen, genau dann, wenn nichts mehr geht. Liest sich total verrückt, oder? Wie kann man in solch einer Situation aufhören, an die Umstände zu denken?

Mir fällt es auch nicht leicht, doch ich kann im ersten Schritt den Stress kanalisieren, um mich selbst erst mal zu beruhigen. In der Beruhigung kann ich klarer denken, Kraft schöpfen. Statt dann an die Probleme zu denken, fallen mir plötzlich Lösungen ein. Ich kann das Ausmaß der Lage besser abschätzen und mir einen Plan machen, anstatt nur in Panik zu verfallen.

Auch im Alltag kann solch eine Distanz helfen: Wenn früher mein Kopf schon am Vorabend im Dauerloop lief, um zu planen, was morgen anstand, fühlte ich mich oft überfordert. Am nächsten Tag blieb womöglich etwas unerledigt, weil ich es vergessen hatte. Teilweise rief ich geplante Dinge mehrmals am Tag in Gedanken ab und ergänzte weitere Punkte. Immer wieder alles in Gedanken, um ja nichts zu vergessen.

Irgendwann war mein Kopf einfach am Überlaufen. Resultat: Mental Overload.

KOPFLAST – HERZLAST – MENTAL OVERLOAD

Was ist Mental Load? Als Mental Load wird vorrangig die Belastung bezeichnet, die durch das Organisieren von Alltagsaufgaben entsteht, die gemeinhin als nicht der Rede wert erachtet werden und somit weitgehend unsichtbar sind. Doch wir wissen, ohne diese „unsichtbaren" Aufgaben funktioniert das System unseres Lebens nicht.

Die Lösung für mich war mein Bullet Journal.

Alles was du dazu brauchst, ist ein Notizbuch oder -block, ein Stift und deine Bereitschaft, deine Aufgaben und Gedanken anzuschauen und zu ordnen –„Bullet" bedeutet ja nichts anderes als Gliederungspunkt – Dein Bullet Journal kann wie ein ausgelagertes Gehirn agieren, damit du deinem Mental Load nicht verfällst.

Mir hilft dieses Strukturieren. Damit mein Kopf von all den To-dos nicht platzt, schreibe ich die Dinge auf, und zwar der Reihe nach. Wichtiges bekommt eine Markierung und für den Rest gilt: Wenn's klappt, gut, wenn nicht, dann eben nicht!

Ich musste richtig lernen, diese Prioritäten zu setzen und manche Aufgaben vorerst loszulassen. Aber diese fünf Minuten der Introspektion sind Gold wert!

Meine beste Journaling-Übung

Wenn ich mich mit meinen Problemen befasse, entsteht erst mal dieses große Chaos und diese Welle an Gedanken und Gefühlen. Spätestens jetzt brauchen diese Gedanken und Gefühle Platz. Diesen Platz schaffe ich auf Papier.

Eine Journaling-Übung hilft mir in solchen Situationen immer gut. Ich schnappe mir Stift und Papier und beantworte mir selbst ganz ehrlich folgende Fragen:

1. Welches Thema beschäftigt meinem Kopf gerade so sehr?
2. Kann ich dieses Thema/die Situation aus einer anderen Perspektive betrachten?
3. Was wäre jetzt für mich das Schlimmste und was wäre das Beste, was nun passieren könnte?
4. Zu was führt mich das „Zerdenken" in meinem Alltag/Leben?
5. Betrachte ich das Problem neutral oder mit Ängsten und Sorgen, die von Erfahrungen aus der Vergangenheit abhängen?
6. Wenn meine Freundin/mein Freund mit diesem Problem zu mir käme, was würde ich jetzt raten?
7. Für welche drei Dinge fühle ich im Moment Dankbarkeit?
8. Wie geht es mir jetzt nach Beantwortung der Fragen?

Mein Laden trug meine Handschrift

Nach mehreren Monaten im Lockdown, quasi keinen Umsätzen und aufgebrauchten Reserven betrachtete ich die Lage mit kühlerem Kopf und akzeptierte langsam, dass es so mit dem Laden nicht weitergehen konnte.

Es waren keine finanziellen Mittel mehr da. Ich schaltete einen Anwalt für Insolvenzrecht ein, um meine Angelegenheit und meine Unterlagen prüfen zu lassen. Zu Zeiten der Pandemie gab es vereinfachte Regelungen zur Meldung einer Insolvenz. Das kam mir in dieser Situation zugute.

Ich weiß nicht mehr genau, was ich in dem Moment fühlte, als klar war, dass ich den Laden verlieren würde. Ich glaube, ich fühlte gar nichts. In der Zeit war es einfach so viel, dass ich innerlich dicht machte, um im Alltag überhaupt zu funktionieren. Wir mussten reagieren, mussten handeln, damit nicht alles den Bach runterging.

Da ich einen guten Kontakt zu allen Händlern pflegte, hörte ich mich um, ob einer von ihnen jemanden kannte, der einen Stoffladen übernehmen wollte. Eigentlich hatte ich keine große Hoffnung, dass sich während der Pandemie ein Käufer findet.

Doch das Glück war auf meiner Seite: Ich fand tatsächlich eine Käuferin. Sie kannte mich aus der Branche, kannte mein Sortiment und kaufte alles, den gesamten Ladenbestand inklusive Inventar. Und das noch zu einem guten Preis. Das war unglaublich, ein echter Glücksfall in der Not. Es war eine so große Erleichterung für mich. Der Erlös ging natürlich vollständig in die offenen Verbindlichkeiten über.

Acht Jahre lang war dieses Näh-Geschäft mein Baby gewesen. Hier hatte ich mich zum ersten Mal verwirklicht. Hier hatte ich so tolle Erfolgserlebnisse. Hier wurde ich zum ersten Mal nach außen sichtbar.

Natürlich trug das ganze Unternehmen meine Handschrift. Es ist schließlich eine Branche, wo der eigene Style eine wichtige Rolle spielt. Auch wenn die Stoffbranche sehr bunt sein kann, herrschte bei mir ein ganz klassischer und klarer Look. Die Händler haben mich immer gefragt, wie es sein kann, dass ich so viel schwarzen Baumwoll-Jersey verkaufe. Wir hatten Hunderte von Metern schwarzen Jersey im Laden.

Ich selbst trug eben hauptsächlich Schwarz und Grau und das „färbte" sprichwörtlich auf mein Unternehmen und die Kunden ab. Sie liebten die Looks und nähten sie in den entsprechenden Stoffen und Farben nach. Natürlich gab es auch viele, die für ihre Kinder genäht haben. Sie kauften mehr bunte Stoffe. Aber die, die für sich nähten, hatten einen ganz ähnlichen Geschmack wie ich.

Neben dem Stoffverkauf habe ich auch Schnittmuster kreiert. Schnittmuster vom Shirt bis zum Hoodie, von Sportsachen bis zur Abendgarderobe. Richtig tolle Sachen, die super ankamen. Teilweise habe ich auch mit einer Designerin zusammengearbeitet und Projekte ausgelagert, später dann eine eigene Fachkraft im Haus gehabt. Hinzu kamen Nähkurse für Anfänger und Fortgeschrittene. Step by step habe ich das Unternehmen erweitert und groß gemacht.

Es war eine schöne, aber auch absolut fordernde Zeit. Etliche Überstunden, jegliche Eigeninitiative und viel Flexibilität sind nötig, wenn solch ein Laden laufen soll. So besiegelte ich dieses Kapitel letztendlich mit einem weinenden und einem lachenden Auge. Denn erst einmal fiel eine Last von mir ab.

Patchworkfamilie: Vorteile, Nachteile

Bei einer Patchwork-Familie sind mehr Personen beteiligt als die Personen, die in dem Haushalt leben. Wenn es außerhalb des Zuhauses einen Vater, eine Mutter gibt, dann haben sie Mitspracherecht, dann erziehen sie mit. Das muss möglichst kompatibel sein mit dem, was im eigenen Haushalt passiert. Das ist eine große Herausforderung.

Man trägt viel Verantwortung und man hat vielleicht einen stärkeren Impuls, die Kinder beschützen zu wollen. Ich frage mich oft, ob es meinen beiden Jungs, die regelmäßig bei ihrem leiblichen Vater sind, wirklich gut geht, was man noch angenehmer machen könnte, damit ihr Leben kohärenter wird. Gleichzeitig sehe ich, dass es mit fortschreitendem Alter immer einfacher wird.

Es war immer mein größter Anspruch, alles dafür zu tun, dass sie wissen – egal wie oft sie im Haushalt des Vaters sind –, hier bei mir ist ihr Zuhause. Hier sind sie sicher, hier werden sie gesehen.

Auch wenn es einen neuen Partner an meiner Seite gab und damit für sie auch in all den gemeinsamen Jahren einen „Zuhause-Papa", fühlte ich mich selbst oft so, als müsste ich Mama und Papa in einem sein. Denn ich musste immer Brücken schaffen zwischen allen Beteiligten. Dabei ist Kommunikation so wichtig. Als die Person in der Mitte trägst du eine sehr große Verantwortung, dass alle Abläufe funktionieren, dass alle Absprachen eingehalten werden, dass die Kommunikation läuft, die Bedürfnisse oder Vorstellungen des neuen Elternteils miteinbezogen werden.

Es ist eine Herausforderung – doch sie ist möglich und gut umsetzbar, wenn alle Erwachsenen es wollen.

Ich lasse los und orientiere mich um

Zur Zeit des Ladenverkaufs hatten wir unsere gesamten Ersparnisse aufgebraucht. Wir waren quasi bei Null. Wir waren so im Engpass, dass wir auch daran dachten, unser gerade bezogenes Haus wieder zu verkaufen. Das Ganze war ja auf einer ganz anderen Basis finanziert.

Doch kurz vor knapp, wie so oft in meinem Leben, machte sich ein Silberstreif am Horizont bemerkbar. Ein neues Fenster ging auf. Und das Fenster hat ganz schön hell geleuchtet, so dass ich Jahre später sagen kann: Was Besseres hätte mir nicht passieren können! Eines meiner liebsten Zitate findet hier einen guten Platz: Das Leben verstehst du rückwärts, leben musst du es aber vorwärts.

Alles, was mir bis dahin passiert ist, hat mich genau hierhergebracht. Hier sollte ich sein, auf vielen Umwegen zu meinem Glück. Ich entschied mich, Instagram als meine neue Arbeitsplattform zu nutzen. Und es stellte sich heraus, Content Creator zu werden war goldrichtig. Ich hätte aber niemals gedacht, dass es so gut klappt. Ab einem bestimmten Punkt nahm das Ganze seinen Lauf und war kaum noch zu stoppen. Mein Instagram-Account erreichte erstaunlich schnell eine große Reichweite. Und mir flogen immer neue Ideen für die Umsetzung von Content zu. Ich blühte förmlich auf.

Die Erfahrung aus meinem vorherigen Business kam mir in allen Bereichen der neuen Tätigkeit zugute. Und die Selbstständigkeit, die zeitliche Organisation und Motivation war für mich ja nicht neu. Ich wusste, wie ich mich strukturieren muss. Ich WOLLTE das alles machen. Es war viel Enthusiasmus dabei. Es machte von Anfang an riesigen Spaß.

Da ich aus Fehlern lerne, suchte ich mir bald einen sehr guten Steuerberater, führte akribisch Buchhaltung, trennte finanziell meinen privaten Bereich vom geschäftlichen und gründete eine GmbH, auch wenn kein Risiko abzusehen war.

Meine neue Tätigkeit als Content Creator

Auf Instagram war ich vorher sehr interessiert gewesen an Hausbau-Blogs und Tipps für Inneneinrichtungen. Eigentlich wollte ich auf meinem Account daher Interieur-Ideen mit Hausbautipps zeigen. Das war meine anfängliche Idee für meinen Account. Gleichzeitig wollte ich in diesem Zusammenhang auch zeigen, wie gut es tut, Ordnung zu schaffen.

Ich habe nicht erwartet, dass meine Ordnungstipps so gut ankommen würden. Im Nachhinein ist es logisch zu erklären und passierte alles im richtigen Moment. Wir steckten in der Pandemie. Vielen Menschen brauchten neue Strukturen und Abläufe, manche sehnten sich nach Veränderung, denn die Tage glichen einander.

Haben die Baumärkte hier große Umsätze gefeiert? Korrekt, haben sie. Und der Elan der Menschen, jetzt etwas zu Hause zu tun und zu verändern, um die neue Situation entweder anzunehmen oder dieser zu entfliehen, war auf jeden Fall da. Gleichzeitig war das Endgerät, das Handy, unsere engste Verbindung zu Außenwelt. Wir konnten uns nicht sehen und treffen, doch wollten wir wissen, was andere machen. Social-Media-Kanäle gewannen noch mehr an Beliebtheit.

Meine Themen passten einfach in diese Zeit. Alle brauchten neue Routinen, eine Beschäftigung für den Leerlauf. Unheimlich viele Leute haben in der Zeit ausgemistet und ihre Wohnung auf Vordermann gebracht. Die Videos, in denen es um diese Themen ging, sind ganz schnell viral gegangen und wurden tausendfach gespeichert.

Dass es so rasant voranging, war dabei eine absolute Überraschung. Ich habe das total genossen. Wenn ich sah, wie gut etwas ankam, dann war das für mich die Motivation, da noch mal einen draufzusetzen. Gleichzeitig lenkte mich all diese neue Tätigkeit von einigen privaten Themen ab.

Mit jedem Video wollte ich besser werden. Das Thema erweitern und vertiefen. Nicht nur zeigen, dass Ordnung praktisch ist, sondern dass sie eben wirklich auch innerlich etwas mit dir macht. Vom Schubladenaufräumen ging es dann zum Thema „Welche Hilfsmittel gibt es dafür?" Und dann: „Was tue ich damit für mich?" Und: „Wie können Kinder davon profitieren?"

Schritt für Schritt kamen immer neue Themen dazu. Gleichzeitig wagte ich mich nun auch daran, den Instagram-Storys meine eigene Stimme zu geben. Bei den Storys zu begleitenden Themen, die die INNERE Ordnung betrafen, merkte ich, dass die Leute mehr Interesse zeigten und dranblieben. So habe ich alle möglichen Themen, die mir am Herzen lagen, dazugenommen. Themen wie Frauengesundheit, Selbstliebe, Motivation, Akzeptanz, Selbstverwirklichung, Depression, Sterilisation, Hormonspirale, Geburt, Stillen, Finanzen für Frauen sind mit der Zeit dazugekommen.

Im Vordergrund bei all dem steht, wie wir unser Leben in unseren eigenen Augen verbessern können. Die Beiträge sollen Freude in euren Alltag bringen. Ich möchte euch zeigen, wie wir mit kleinen Dingen oder einem Perspektivwechsel positive Veränderungen in unserem Leben schaffen können.

Lebe deine Einzigartigkeit

Keine Persönlichkeit gibt es genauso noch ein weiteres Mal. Du bist einzigartig. Alles an dir ist einzigartig.

Dennoch richtet sich unser Blick zu oft auf andere und wir versuchen, so zu sein wie sie. Oder wir vergleichen uns. Dabei wissen wir, dass das Vergleichen das Ende unserer eigenen Zufriedenheit sein kann.

Weißt du, in all dieser Zeit, die du investierst, um wie jemand anderes zu sein, verschenkst du dein eigenes Potenzial. Und du verschwendest deine Zeit. Zeit, die begrenzt ist.

Du musst DU sein! Du darfst deine Reise antreten. Fang an, dein ICH zu finden. Ohne dich mit anderen zu vergleichen.

Erwecke DEIN Potenzial und steh zu deiner ganz einzigartigen Persönlichkeit. Umso mehr du das tust, desto mehr werden dich andere schätzen.

Es ist nicht so sehr eine bestimmte Sache, die an beliebten Personen geschätzt wird. Es geht darum, dass sie wissen, dass sie einzigartig sind – und es voll und ganz leben!

Ein ganz anderes Lebensgefühl
Im Hier und Jetzt

Nach der Leitung eines gesamten Ladengeschäfts mit allem Drum und Dran, merkte ich erst einmal, wie hoch mein Stresspegel über die ganzen Jahre gewesen war. Mit Instagram habe ich natürlich auch viel zu tun, aber ich trage nicht diese Verantwortung für Mitarbeiter, für die täglich einzuhaltenden Abläufe etc. Es geht jetzt nur noch um mich, meine Ideen, meine Themen – in meinem Tempo.

Mir fiel es als Chefin auch immer sehr schwer, Sorgen meiner Belegschaft nicht mit nach Hause zu nehmen. Stattdessen machte ich mir auch Sorgen und überlegte, wie ich helfen konnte. Aber wenn du jedes Problem der Mitarbeiter mit nach Hause nimmst, fühlst du irgendwann die Überlastung und das Problem wird zu deinem.

Ich bin ultra-empathisch, was dies angeht. Das bedeutet, ich fühle, was der andere fühlt, und wenn eine Mitarbeiterin mir erzählte, dass es ihr gerade zu Hause mit ihrem Mann nicht gut geht oder dass sie finanzielle Probleme hat, dann habe ich schon über ein Arbeitgeberdarlehen nachgedacht. Oder angeboten, dass sie vielleicht mal eine Woche weniger arbeitet, um zu Hause alles zu klären.

Oft bin ich zu schnell selbst im Laden eingesprungen. Dabei hatte ich ja selbst Kinder, Sorgen und meine eigenen Aufgaben. Das Helfersyndrom zeigte sich auch hier. Nicht, dass Helfen etwas Schlechtes ist, bitte versteht mich richtig. Doch wenn du über deine Kapazitäten hinaus hilfst, wirst du daran zerbrechen. Und wenn du zerbrichst, wer wird dir dann helfen?

Das geht auf Dauer sehr an die Substanz. Wenn du deine Energie nicht ständig verlieren willst, darfst du nicht ständig einspringen und die Verantwortung an dich ziehen. Als Geschäftsführung musst du versuchen, bei deinen Aufgaben zu bleiben. Denn mit deinem Helfen verschiebt sich das Problem nur.

Du springst ein, aber dann bleiben deine eigenen Aufgaben liegen. So brauchst du bald jemanden, der für dich einspringt usw.

Für meine Instagram-Arbeit habe ich daher erst einmal davon abgesehen, jemanden einzustellen. Stattdessen habe ich mir aber ein Management, ein Filmteam für besondere Projekte und eine kompetente Buchhaltung gesucht. So konnte ich Aufgaben auslagern und mir Freiraum für meine Kreativität schaffen.

Work-Life-Balance vs. Life-Work-Balance

Meine Work-Life-Balance war immer im Wandel. Da ich ganz unterschiedliche Tätigkeiten hatte: Entwerfen und Nähen – Online-Business – Ladengeschäft – Content Creator, haben sich über die Jahre ganz verschiedene Szenarien aufgebaut.

Berufstätigkeit und Kinder ist immer ein Spagat. Ich habe stets nebenbei gearbeitet oder besser gesagt – ich hatte stets zwei Vollzeitjobs. Anfangs war es „nur" das Online-Business. Das Online-Business war gut vereinbar mit Familie. Erst mit dem Ladengeschäft war die Balance zwischen Leben und Arbeiten aus dem Gleichgewicht.

In meinem Ladengeschäft in der Kasseler Innenstadt war ich sehr viel vor Ort. Zur Ladeneröffnung kamen um die 350 Menschen. Die Schlange ging bis hinter das Restaurant, das sich daneben befand. Die Begeisterung der Kunden und die Community, die sich um das Ganze bildete, waren für mich Erfüllung pur. Das positive Feedback hat mich einfach mitgerissen.

Es war für die Nähszene in Kassel ein schönes Event. Bis dahin hatte es nur ein eher altmodisches Stoffgeschäft in der Stadt gegeben. Aber wir waren anders, modern, nah am Zeitgeist, an der Mode und allen Dingen rund ums Nähen. Bei uns gab es keine langweiligen Gardinen, wir hatten trendige Bekleidungsmaterialien und so vieles mehr.

Gleichzeitig merkte ich ziemlich schnell, dass es zu viel für mich als Mama wurde. Deshalb wurden meine Eltern immer stärker einbezogen. Und sie waren sehr froh darüber, denn sie konnten mir nun endlich etwas zurückgeben. Sie gaben volle Power, brachten die Kinder in den Kindergarten, später in die Schule, holten sie nachmittags ab, betreuten sie teilweise bis spät abends. Sie waren mir eine große Hilfe. Ohne sie hätte ich das zu der Zeit nicht geschafft.

Ich hatte aber auch ein schlechtes Gewissen. Meine beiden älteren Söhne sah ich teilweise nur abends, nachts oder morgens zum Fertigmachen. Das war hart und ich bereue es heute schon. Der Erwartungsdruck lastete schwer auf meinen Schultern. Ein 200-Quadratmeter-Ladengeschäft in der Innenstadt – das war eine große Verantwortung. Zu Beginn wollte ich, mit der Zeit musste ich das durchziehen.

Zum Glück lieben meine Jungs ihre Großeltern. Sie waren gerne dort. Sie waren aber auch noch so klein. Diese Zeit kommt nie wieder. Das vergisst man oft im Leben. Es ist schon viel Wehmut dabei, wenn ich auf diese Zeit zurückblicke. Andererseits bin ich auch zufrieden, da alles so erfolgreich verlief.

Eigentlich mag ich diesen Begriff Work-Life-Balance nicht. Ich finde, man sollte nicht das Arbeiten an erste Stelle setzen, um dann zu leben. Es sollte Life-Work-Balance heißen. Ich muss doch erst mal ein schönes Leben haben und Kraft daraus schöpfen können, um überhaupt arbeiten zu können. Wenn mein Leben nur von der Arbeit bestimmt wird, geht das vielleicht eine gewisse Zeit. Doch nicht langfristig. Gleichzeitig weiß ich aus eigener Erfahrung, wie schmal der Grat zwischen diesen Begriffen ist und wie schnell sie ihren Platz tauschen oder miteinander verschmelzen.

So war es auch bei mir. Irgendwann kommt dieser Crash, der Punkt, an dem du dich fragst: „Was mache ich hier eigentlich den ganzen Tag?“

Es ist ja nicht nur jeden Tag ein neuer Tag – es ist auch jeden Tag ein Tag meines Lebens weniger! Wenn man sich das mal bewusst macht, kommt man ins Umdenken.

Ich kam irgendwann nicht mehr damit klar, dass ich meine Kinder, die ich mir so sehr gewünscht hatte, so wenig sah. Ich steckte all meine Energie in die Arbeit und die Vision – den Laden, der eigentlich gar nicht meine Idee gewesen war. Aber ich wurde mitgerissen. Ich will nicht sagen, dass ich das nicht genossen habe. Die positiven Rückmeldungen, die tolle Community – das hat alles riesigen Spaß gemacht, jede Menge Endorphin-Kicks.

Dennoch wusste ich, dass ich langfristig eine Life-Work-Balance wollte. Eigentlich hätte ich ganz oft anders entscheiden können, ich hätte ganz oft Nein sagen können. Doch vielleicht dienen die äußeren Umstände manchmal als Ausrede, denn dieses Nein wäre erst mal der schwierigere Weg gewesen.

Das ist so wie mit der Maus in der Milch: Die Maus fällt in eine Kanne mit Milch und fängt an zu strampeln. Sie strampelt und strampelt. Und irgendwann wird dabei aus der Milch Butter. Sie kommt jetzt noch viel schwieriger aus der Kanne raus. Wenn wir jeden Tag das Leid in kleinen Portionen erfahren, ist es nicht so schwer zu ertragen. Doch alles summiert sich auf. Irgendwann ist es zu spät. Es ist besser, immer wieder innezuhalten, die Dinge aus anderen Blickwinkeln zu betrachten.

Nach der Geburt meines dritten Sohnes war ich noch nicht bereit, dieses Arbeitspensum loszulassen. Zwei Tage nach seiner Geburt war ich schon im ersten Meeting. Natürlich hatte ich auch etwas Angst um mein Unternehmen, wollte schnell wieder meinen Part übernehmen. Ich habe nicht auf mich und meinen Körper geachtet.

Doch nicht lange danach wurde das alles viel zu anstrengend. Ich wusste, ich zerreiße mich gerade. Das Neugeborene brauchte mehr Zeit von mir und die zwei älteren Kinder brauchten mich auch. Ich versuchte, an drei Orten gleichzeitig zu sein. Ich fand Wege, die Arbeit mehr zu optimieren und zu delegieren. Schließlich war ich selbstständig.

Und letztlich hat die Pandemie mir dann – so schräg das klingen mag – geholfen. Sie hat alles ausgebremst. Völliger Stillstand. Was ich zu der Zeit als reinste Katastrophe empfand, war im Nachhinein meine Rettung. Ich durfte erfahren, dass es mit deutlich weniger Arbeit auch geht. Ich spürte, wie wichtig für mich das Leben mit der Familie, den Kindern ist, wie viel Energie mir das gibt.

„Dank" Corona bekam ich viel Zeit geschenkt, um in mich reinzuhören. Es tat unheimlich gut, Ordnung in mein Inneres zu bringen. Damit wurde das Thema „Ordnung" noch präsenter. Reflektiert zu sein, von außen die Situation zu betrachten, mich nicht in Stresssituationen zu verlieren, sondern ein Gleichgewicht zu schaffen zwischen Denken und Tun.

Endlich begann ich, daran zu arbeiten, dass aus meiner Work-Life-Balance eine Life-Work-Balance oder noch besser eine Family-Work-Balance wurde, denn zu dieser Zeit war ich schon Vierfach-Mama.

Der Glaube an mich selbst

Auch wenn es vielleicht so aussieht, dass ich schon immer selbstbewusst gewesen bin: Der Glaube an meine innere Kraft kam nicht von heute auf morgen.

Früher hatte ich viele Selbstzweifel. Ich habe so oft gedacht, ich kann das nicht. Einerseits wollte ich immer mehr, aber die Zweifel haben mich erst einmal gebremst.

Das Auf-sich-selbst-gestellt-Sein früh in meinem Leben hat den Prozess allerdings beschleunigt. Der Glaube an mich selbst wurde sozusagen von außen gefördert. Denn es gab oft keinen Plan B. Es gab eigentlich ganz oft nur Plan A. Und wenn der nicht funktioniert hätte, hätte ich ein großes Problem gehabt. Da ich das Problem nicht haben wollte, war die Motivation, den Plan umzusetzen, groß.

Die Umstände waren oft so, dass ich bestimmte Dinge einfach schaffen musste. Als Kind musste ich den Haushalt halbwegs allein managen. Mit 18 musste ich dafür sorgen, dass meine Wohnung und meine Rechnungen bezahlt werden. Ich nahm die Herausforderung an und sah: Es geht. Ich habe gemerkt, wie viel Power man eigentlich hat.

Es gab wenig Menschen in meinem Umfeld, bei denen ich mir hätte Motivation holen können. Es hing einfach so viel von mir selbst ab. Ich sagte mir:

„Izela, wenn du das jetzt wirklich willst, dann wirst du das schaffen. Und wenn du es nicht schaffst, dann stört es dich vielleicht noch nicht genug. Denn, wenn es dich wirklich stört, wirst du damit nicht leben wollen."

So habe ich mir diesen Kernsatz selbst immer wieder abgerufen. Diese Formel hat gewirkt. Wenn dich wirklich etwas beeinträchtigt, dann wirst du es ändern. Daran wird kein Weg vorbeiführen. Dann nützt der Blick auf andere, die es in deinen Augen einfacher haben, nichts. Du musst bei deinen Mitteln bleiben und das Beste draus machen. Oder deine Mittel ändern und deine Einstellung zu der Situation anpassen.

Absurde Rettungsaktion: Da gab es noch diesen Podcast

Ob dieser Video-Podcast eine gute Idee war, kann ich noch nicht beurteilen. Ich kann aber sagen, er hat sehr viel mehr mit und in mir ausgelöst, also ich zuvor ahnen konnte.

Im Podcast mit meinem letzten Partner sprachen wir als Paar über die Vergangenheit, über unser Kennenlernen, unser erstes Date und die schönen Momente. Diese Folgen habe ich mir danach immer und immer wieder in Dauerschleife angehört.

Doch was mir beim erneuten Hören der Podcasts passierte, war nicht, was ich erwartet hatte. Irgendwas fühlte sich für mich so falsch an! Es war ein kompletter Kontrast zu unserer Situation der letzten dreieinhalb Jahre.

Der Podcast stellte eine Beziehung dar, die so nicht mehr existierte. In all den Worten fühlte ich mich in die Hoffnung zurückversetzt, die ich anfangs für uns als Paar hatte. Das Potenzial, das ich in uns als Paar sah und das wir auch hatten.

Gleichzeitig merkte ich, dass das, was in all den Jahren zwischen uns vorgefallen war, niemals dazu führen konnte, dass wir dieses Paar werden. Nur dann, wenn ich weiter all die Schatten ignoriere, und nur dann, wenn ich weiter hoffe.

Ich habe diesen zwei Menschen von außen beim Reden zugehört und hab gedacht: „Das sind nicht die zwei Menschen, die hier leben." Das war eine so surreale Situation, in der ich mich plötzlich befand. Einige Vertraute, die mich gut kennen, haben an meiner Stimme und auch an meinem Gesichtsausdruck bestimmte Unstimmigkeiten erkennen können und sprachen mich darauf an.

Und auf der anderen Seite kamen diese zahlreichen Nachrichten, wie toll die Podcasts sind, wie verliebt wir uns anschauen. Und ich denke mir so: „Die beiden sind so anders, als ich es fühle. Das kann doch nicht sein." Diese Erfahrung, dieser mein Blick von außen war so ernüchternd.

Mit Schrecken wurde mir klar, dass ich inzwischen ein verzerrtes Bild an meine Instagram-Community sendete. Und was noch viel schlimmer war: ein falsches Bild an mich selbst.

Wenn man die Podcasts hört und auch teilweise Bilder auf meinem Account anschaut, sieht alles nach Friede, Freude, Eierkuchen aus. Aber das war nicht meine Absicht gewesen. Da ich generell wenig aus dem Privatleben geteilt hatte, waren es eben die guten Ausschnitte, die nach außen zu einem perfekten Puzzle zusammengesetzt wurden. Das bildete nur inzwischen so gar nicht mehr die Realität ab.

Eine Trennung, das Ende einer Beziehung hat einen Verlauf. Kein Paar trennt sich von einem Tag auf den anderen. Jedes Paar hat seine Vorgeschichte, jedes Paar hat eine Vergangenheit und jedes Paar hat Gepäck, das es nicht nach außen hin zeigt.

Aber es war nicht nur der Podcast. Ich merkte vor allem im letzten Jahr unserer Beziehung stark, wie weit wir uns schon voneinander entfernt hatten. Wenn ich alleine mit den Kindern war, fühlte ich mich gut, ich lachte viel mehr und die Stimmung war ausgeglichener. Ansonsten war die Stimmung eher gedrückt und disharmonisch geworden, weil da etwas zwischen uns vorgefallen war, was nie aufgearbeitet wurde. Und dieses Mal war ich nicht bereit, diesen Rucksack alleine auszupacken.

Die 10 unangenehmen Wahrheiten unseres Lebens

1. Oft sind wir unser eigener schlimmster Kritiker.
2. Zeit verfliegt, egal ob wir sie gut nutzen oder nicht.
3. Manche Menschen, die uns am Herzen liegen, werden uns nicht die gleiche Wertschätzung entgegenbringen.
4. Veränderung ist unvermeidlich und nicht immer angenehm.
5. Die Wahrheit ist manchmal härter als eine Lüge, aber auf lange Sicht besser für uns.
6. Liebe kann manchmal enden, selbst wenn man sich noch umeinander sorgt.
7. Nicht jeder, den wir verlieren ist ein Verlust.
8. Es gibt Dinge, die wir nicht vollständig kontrollieren können, wie z.B. die Gefühle andere Menschen.
9. Das Leben ist oft ungerecht und die Besten gewinnen nicht immer.
10. Wir alle haben Vorurteile, die schwer abzubauen sind.

VERA F. BIRKENBIHL

Nur für die Kinder zusammenbleiben?

Vor allem in den letzten zwei Jahren habe ich immer wieder thematisiert, dass es gesund für unsere Beziehung wäre, wenn wir uns Unterstützung suchen. Dass wir jemanden brauchen, der uns ganz neutral sagt, wo wir anknüpfen können, um wirklich aus unseren Problemen herauszukommen. Ich selbst hatte alles versucht und wusste einfach mittlerweile nicht mehr weiter.

Die Sorge meines Partners war allerdings, dass, wenn wir uns professionelle Hilfe holen, eine Paartherapie machen, noch viel mehr Probleme entstehen würden. Durch das viele Reden darüber würde es nur noch schlimmer werden.

Aber wenn du über Probleme NICHT redest, kriegst du noch größere Probleme. Das ist mein Standpunkt. Sie reihen sich alle auf und irgendwann crasht es völlig.

Aber wenn du über Probleme NICHT redest, kriegst du noch größere Probleme. Das ist mein Standpunkt. Sie reihen sich alle auf und irgendwann crasht es völlig.

Die Situation in der Beziehung ging uns beiden an die Gesundheit. Ich fing an, diese Signale meines Körpers bewusster wahrzunehmen. Meine Psyche litt. Meine Gesundheit litt.

Immer wenn dieses Gefühl hochkam, dass ich nicht mehr konnte, wusste ich: „Das darf ich nicht ignorieren." Ich machte es doch. Und so kamen die körperlichen Symptome ins Spiel: Ich bekam Schlafstörungen. Ganze Nächte lag ich wach. Dann kam ein Hörsturz, bei dem ich für kurze Zeit nichts hörte und danach ein dauerhaftes Piepen zu meinem neuen Begleiter wurde. Ich zitterte und bekam richtige Schwindelattacken, die als „vestibulärer Schwindel“ diagnostiziert wurden. Alles Zeichen, dass du einfach nicht mehr kannst.

Ich habe mich in diesen Momenten gefragt: „Was ist jetzt für die Kinder besser, eine Mutter zu haben, die fix und fertig ist, weil sie die Situation nicht mehr erträgt, die gesundheitlich immer weiter abbaut und nur noch supergestresst ist? Alles nur, damit Mama und Papa zusammenbleiben. Oder macht es mehr Sinn, dass wir uns trennen und dann voll und ganz als Eltern – nicht als Paar – für sie da sind?“

Oft kommt bei diesem Ansatz die Kritik, dass man die eignen Bedürfnisse über die Bedürfnisse der Kinder stellt. Ich habe zu diesem Thema viel gelesen. Was ich daraus mitgenommen habe, bestätigt eher meine Überzeugung.

Was für eine Wirkung hat es auf die Kinder, wenn die Eltern ständig streiten? Das kann ich sogar ganz persönlich beantworten. Meine Eltern waren genau so ein Paar. Es gab am laufenden Band Konflikte, Streit und auch lautstarke Auseinandersetzungen. Ich habe es gehasst. Ich hatte auch Angst. Teils fragte ich mich sogar, ob sie wegen mir stritten.

Als ich solche Anzeichen von Schuldgefühlen bei meinen eigenen Kindern entdeckte, gingen bei mir die Alarmglocken an. Ich verstand, ich tue meinem Kind keinen Gefallen mit dem Ausharren. Ich setze es nur dauerhaft einer stressigen, dysfunktionalen Umgebung aus. So etwas will ich nicht für meine Kinder.

Ich hatte selbst erlebt, was es bedeutet, zwischen zwei Stühlen zu sitzen. Wie es ist, wenn man fühlt, dass die Eltern einfach nicht zusammengehören. Es ist eine Qual für alle.

Das war ja auch im Prinzip der Grund, warum ich meine erste Ehe beendet hatte. Ich wollte meine Kinder nicht in so einer konfliktbeladenen Beziehung sehen. Warum sollte ich jetzt von diesem Standpunkt abkommen?

Therapeuten und Psychologen bestätigen diese Sichtweise. Es gibt zahlreiche Studien, die zeigen, dass es sich schlimmer auswirkt, wenn Eltern nur um der Kinder Willen zusammenbleiben, aber in dauerhaftem Konflikt leben.

Nicht nur wachsen die Kinder in einem dysfunktionalen, stressigen Umfeld auf. Es belastet die Kinder auch in der Hinsicht, dass die Eltern ja nur wegen ihnen zusammenbleiben. Das erhöht den Druck auf die Kinder, weil sie unterbewusst das Gefühl haben, für einen Teil der Beziehung mitverantwortlich zu sein. In einem zerrütteten Elternhaus aufzuwachsen, erhöht außerdem Bindungsprobleme und Selbstzweifel bei den Kindern.

Eltern, die es schaffen, getrennte Wege zu gehen und trotzdem als Elternteile genügend für die Kinder da zu sein, schaffen ein psychologisch gesehen gesünderes Umfeld für ihren Nachwuchs.

Kennt ihr die Parabel vom falschen Schuhkauf?

Jeder hat es schon mal getan: Du verliebst dich in ein schönes Paar Schuhe, das leider nicht in deiner Größe da ist. Es zwickt und drückt schon beim Anprobieren. Aber es ist so schön. Es wäre so schön, die Schuhe zu tragen.

Du kaufst sie und quälst dich jedes Mal, wenn du sie trägst. Das schlichtere Paar, das wunderbar gepasst hätte, hast du gar nicht gesehen ...

Resümee: Wir haben immer eine Wahl

Die Beziehung zu meinem zweiten Lebenspartner war von Anfang an mit vielen Problemen und Herausforderungen behaftet. Dafür kann er nichts. Dafür kann ich nichts. Sie führten zu hohem emotionalem Stress. Mal wieder hatte ich mein Muster befolgt. Mal wieder hatte ich das getan, was ich immer tat und schon immer so gut konnte. Mal wieder hatte ich mich nicht genug hinterfragt.

Im Herbst 2021 waren wir mitten im Hausbau, es kam die Pandemie, mein Laden musste geschlossen werden, die Kinder waren plötzlich viel zu Hause. Es kam einfach alles zusammen – zuerst dachten wir, das kriegen wir hin. Wir hatten dann ja noch ein viertes Kind. Und für eine Zeit ging es gut. Ein neues Kind bringt so viel Neues mit sich, es gab so viel zu tun, so wenig Zeit für uns, dass wir gar nicht dazu kamen, uns über unsere Beziehung Gedanken zu machen.

Das stimmt aber nicht! Wir haben immer eine Wahl.

Es fühlte sich an, als wäre mit drei, mit vier Kindern auch alles besiegelt. Als hätten wir gar keine andere Wahl, als zusammenzubleiben. Das stimmt aber nicht! Wir haben immer eine Wahl.

Das ist ja das Fatale, dass man dann die Kinder als Entschuldigung für seine Entscheidung nimmt.

Als die Konflikte nicht mehr ausgeblendet werden konnten, alle paar Wochen immer wieder die gleichen Diskussionen, Vertrauensbrüche entstanden, Absprachen nicht eingehalten wurden, verlor ich das Vertrauen. Ich konnte mich auf meinen Partner nicht mehr verlassen. Statt Unterstützung kam von ihm nur Gegenwind.

Ich fragte mich letztlich – und das hört sich jetzt böse an, aber ich möchte ehrlich sein: „Was ist jetzt gerade das schlimmere Übel? Eine Trennung oder trotz allem zusammenzubleiben?“ Und das schlimmere Übel war für mich zu sagen, wir bleiben zusammen und versuchen allein weiter, an den Problemen zu arbeiten. Denn das wäre meiner Meinung nach nur mit Unterstützung möglich gewesen.

Meine Kinder bedeuten mir sehr, sehr viel. Vier Kinder im Leben zu begleiten, sie vernünftig zu erziehen, für sie da zu sein, das ist eine große Freude – aber auch eine große Verantwortung. Ich habe mich dafür entschieden, ohne den Partner an meiner Seite zu leben. Mit ganzem Herzen. Und daher möchte ich nah bei meinen Kindern sein. Die Zeit mit ihnen genießen. Mit ihnen nach meinen neuen Mustern leben, die ich bewusst wähle.

Bewusste Entscheidung: Alleinerziehend mit vier Kindern

Ja, diese Entscheidung habe ich getroffen. Getroffen auf Grundlage aller Dinge, die vorgefallen sind. Vor allem auf Grundlage dessen, was all diese Dinge in den letzten drei Jahren in mir ausgelöst haben.

Natürlich ist meine Entscheidung der Schritt, der nach außen sichtbar ist. Was man allerdings nicht von außen sieht, ist all die Mühe, die Geduld, das Vergeben und Hoffen sowie die Energie, die ich investiert habe.

Zu einer Beziehung, egal auf welcher Ebene diese sich befindet, gehören immer zwei, die dazu „Ja" sagen müssen, die sich dafür täglich entscheiden. Dieses „Ja" und diese Entscheidung bringen eine Verantwortung füreinander mit sich. Ich möchte meinen Kindern nichts Gegenteiliges vorleben.

Ich habe bewusst losgelassen, um endlich durchatmen zu können. Seit diesem Loslassen ist eine Last von mir abgefallen, die ich gar nicht beschreiben kann.

Die nächsten Wochen und Monate, sogar Jahre werden nicht leicht werden. Mein schlechtes Gewissen den Kindern gegenüber ist nicht messbar. Auf der anderen Seite möchte ich ihnen keinesfalls die Last auf die Schultern legen, nur für sie in der Beziehung geblieben zu sein, die ich selbst irgendwann nicht mehr führen konnte.

Wie geht es weiter?

Mein innigster Wunsch ist, dass wir es schaffen, eine respektvolle Elternschaft miteinander aufzubauen und zu pflegen. Gemeinsam das Optimum rausholen, damit unsere Kinder davon profitieren können. Damit sie halbwegs unbelastet aufwachsen können. Ich bin offen für jede Art von Kommunikation für uns als Eltern.

Denn es gibt wieder neue Herausforderungen. Wir müssen Lösungen finden, auf welcher Ebene wir kommunizieren. Es muss klar sein, welche Grenzen gelten, was gemeinsame Sache ist und was den anderen schon gar nichts mehr angeht.

Und ich weiß, dass meine Entscheidung, mich ein weiteres Mal zu trennen, richtig ist. Auch wenn ich diesen Schritt, auch aus Sorge vor Verurteilung, lange hinausgezögert habe. Langfristig gesehen, nachhaltig betrachtet ist es zum Wohle aller. Denn dieser Stresspegel, der jetzt so lange hier geherrscht hat, ist für niemanden gut. Wenn er mich als Erwachsene schon so runterzieht, wie ist das dann erst für eine Kinderseele?

Kinderseelen brechen leise.
Das ist nicht laut, wenn ihre Grenzen der
Belastbarkeit durchbrochen werden.
Sie ziehen sich in sich zurück oder
panzern sich mit Aggression.

Müssen wir Entscheidungen bewerten?

Lange habe ich gebraucht, um zu begreifen, dass ich die einzige Person in meinem Leben bin, die für mich entscheidet. Jeden Tag treffe ich Entscheidungen. Ob sie gut sind, werde ich erst noch sehen. Doch wer bestimmt, dass sie gut oder schlecht sind?

Die Bewertung der Ergebnisse ist immer auch relativ. Aus allem kannst du etwas lernen. In allem ist auch eine Kehrseite. Statt dich für ein bestimmtes Ergebnis zu verurteilen, versuche einmal, die Aspekte zu sehen, die dir geholfen haben, zu wachsen.

Es gibt bestimmt auch eine Menge Nebeneffekte, die zufällig richtig gut waren. Betrachte sie mal. Schreib es auf.

Wenn wir keine „Dummheiten" oder „Fehler" machten, würden wir nichts lernen. Und das Leben wäre ziemlich langweilig.

Dieses Jahr 2024 verändert alles, für IMMER

Heute sitze ich am Tisch vor dem großen Fenster, das auf den Garten schaut. Es ist Frühling. Überall beginnt es zu grünen. Die Sonne hat bereits eine angenehme Wärme. Die Tage werden länger. Ich kann gar nicht anders, als zuversichtlich zu sein.

Das heißt nicht, dass ich nicht auch immer wieder mal Zweifel habe. Aber ich glaube, das ist normal. Ich nehme es als eine normale Welle im Auf und Ab des Lebens wahr. Ich frage mich immer noch manchmal: „Mache ich es richtig? Bin ich richtig?“ Ich streiche diese Fragen aus meinem Kopf.

Aber eine neue Frage taucht im Prozess der Aufarbeitung meiner eigenen Fehler auf: Ich frage mich: „Gibt es überhaupt einen richtigen Partner für mich? Und brauche ich wirklich einen Mann in meinem Leben, um ein erfülltes Leben zu führen?“

Bei diesen Fragen ist kein Abwerten oder Selbstmitleid dabei. Es ist eine ernst gemeinte praktische Frage. Denn ich bin, wie ich bin. Daran kann man grundlegend wenig ändern.

Ich habe meine persönlichen Macken, mein persönliches Energielevel. Ich habe in meinem Leben ein Pensum zu erfüllen, das für andere vielleicht zu viel wäre. Ich bin beruflich erfolgreich, was für einen Mann, der nicht ebenso erfolgreich ist, vielleicht sogar ein Problem darstellt. Ich bin – innerlich und äußerlich – superunabhängig, zumindest auf dem Weg dahin.

Wie erklärt man dieses Gefühl von: „Ich sehe keinen Mann an meiner Seite“? Ich fühle mich mittlerweile so gut mit dem Gedanken, alleine mit den Kindern zu leben und mich auf sie, mich, unsere Familie, unsere Freunde, unser Leben sowie die Arbeit zu konzentrieren, dass hier einfach kein Platz für einen Menschen ist, der auch meine Aufmerksamkeit möchte.

Eine Partnerschaft benötigt Zuneigung und Pflege und ich bin, was diesen Bereich in meinem Leben angeht, einfach ausgebrannt. Es entzieht mir mehr Energie, als dass es mir damit gut geht. Auch wenn mir diese Erkenntnis zu Anfang recht unvorstellbar schien, denn es ist so abseits von jeglicher traditionellen oder gesellschaftlichen Norm, so fühlte sich die Option der Trennung immer vertrauter an, je mehr ich über sie nachdachte.

Letztendlich haben bestimmte Umstände und Vorkommnisse dazu beigetragen, dieses Lebensmodel zu bevorzugen. Ich glaube, dass ich in den letzten Jahren viel zu viel abgefangen, erlebt und ausgehalten habe.

Viele problematische Aspekte habe ich versucht abzufedern. Dabei habe ich teilweise für zwei Personen funktioniert, habe immer schon zehn Schritte in Gedanken weitergedacht, wenn etwas schieflief. Das ist eigentlich nicht Sinn und Zweck einer Partnerschaft. Und extrem belastend.

Mir ist die Harmonie im eigenen Zuhause wichtiger denn je. Mein Leben war nun fast 40 Jahre im Umbruch. Es ist Zeit, Ruhe einkehren zu lassen. Und wenn mir das auf diesem Weg gelingt, dann habe ich alles richtig gemacht. Und wenn nicht, dann werde ich noch mehr über mich selbst lernen.

Statistisch gesehen habe ich nun die zweite Hälfte meines Lebens vor mir und ich habe mir vorgenommen, diese so selbstbestimmt und harmonisch für mich und meine Kinder zu gestalten, wie es in meinen Händen liegt.

Du hast immer eine Wahl mit deiner großen Liebe zu leben – mit dir!

IMPRESSUM

mindfulbooks ist ein Verlag der Schmieder-Media GmbH,
Lünen, Deutschland.

ISBN 978-3-9822208-8-8
1. Auflage

Projektleitung: Sabine Schmieder, Lünen
Redaktion, Lektorat und Korrektorat:
Sabine Schmieder, Lünen
Claudia Lenz, Essen
Gina Janosch, Freiburg

Umschlag, Layout & Satz: Simone Ruths, www.rosavision.de
Fotografie Umschlag: Mareike Klindworth, Hamburg
Fotografie Inhalt: Dominik Flohr, Göttingen
Fotografie Inhalt: privat (Seiten 69, 96/97, 121)
Druck und Bindung: COULEURS Print & More GmbH, Köln

WWW.SCHMIEDER.MEDIA